小文艺·口袋文库
小说

成为你的美好时光

二马路上的天使

李洱

上海文艺出版社

目录

二马路上的天使

...001...

抒情时代

...079...

二马路上的天使

二马路上的天使到了郑州,一下火车,我就给张起打了个电话,说我要在郑州待几天,赶快给我准备住处。张起问:是一个人住还是两个人住?我听出了他的话外音,说:如果你硬要给我找个伴,让我享几天艳福,我也不会摆什么架子。张起立即笑了起来,说一切都包在他身上。他还连声夸我进步了,进步很快。

电话是在车站广场打的。电话亭的四周,蹲着许多滞留在郑州的民工,他们显得既焦虑又漠然。在他们的头顶上,悬挂着各种广告条幅的氢气球,像星斗一样飘浮着。我是一个烟鬼,所以我特别注意那些香烟广告。我注意到美国健牌香烟的英文书写是KENT,它在提醒人们吸烟有害健康。国产香烟的巨型广告上面,是炎黄二帝的头像。我一边打电话,一边透过玻璃瞧着广场。外面的景象,就像爆炸的瞬间突然凝结起来的样子,让人感到混乱和空寂。张起在追问我还有什么要求。我模模糊糊听到电话里传来汽车刹车的声音,就问张起是否正在执行公务。张起说他确实正在路上,正在送老板回家。

他要我坐出租车到尔雅小区,在小区幼儿园的门口等他。幼儿园在哪儿?我问。他说你一进小区就知道了,哪里吵就往哪里去。现在我无法去接你,晚上我请你吃驴肉。

母校离车站不算远,坐一〇二路电车,用不了半个钟头,就可以到。也就是说我其实很快就可以见到正等着我的巴松。我从电话亭出来的时候,一〇二路电车刚好停在我身边。一帮人拎着大包小包往上面挤着,一个小孩夹在当中,被挤得哇哇乱哭。那其实是一辆空车,坐不满的,但人们还是担心失去自己的位置。我没有上去,而是站在一边,抽着烟,看着那辆车慢慢开走。

尔雅小区在郑州的东北部,是个新建的高级住宅区。出租车司机显然把我看成了有钱的住户,当我提醒他该找钱的时候,他用鼻孔哼了一声,才把钱递给我。

张起这小子混得不错啊。我想起几年前我到牢里探望他的情形。那时候他的头发全脱光了,就像个秃鹫。他可怜巴巴地要求我把吸剩的半包烟留下,同时敏捷地把一封信塞到我的手心。那是他写给马莲的一封信。在简短的交谈中,我得知他在牢里摇身一变,成了医生。医生?你的医术怎么样?我低声问着,生怕别人听见。他倒显得大大咧咧的,说:我其实光管打针,反正人犯的屁股又不值钱,扎烂也就扎烂了。临分别的时候,他的脸色有点难看,眼角也有点湿润。他盯着我手中的信,沉默不语。我当然知道他的心事。后来，我把那封信交给了巴松，由巴松转给了马莲。

我一进小区，就悉心捕捉孩子们的叫声。因为是阴天，下午四点钟，天好像就快黑了。我在小区里转了好半天，也没有摸着幼儿园的门，因为我根本听不到孩子的声音。一个中年妇女在垃圾罐旁边给鸽子破膛，她动作很熟练，有点漫不经心的。手中的刀子几乎不费什么劲，就从肛门豁到了嗓子。我看了一会儿，问她幼儿园在哪儿，她没吭声，只是用手指了一下。

刚才在小区里转圈的时候，其实已经从幼儿园门口走过多次了，只是我并没有料到它就是。幼儿园的房子和四周的楼房，除了高度上的差异，其样式，墙壁上的卡通画，四周的草皮，都大同小异。那个小院子里没有什么孩子，倒是有几对打羽毛球的中年人。

张起很晚才回来。他把车倒进幼儿园的小院子里，然后做出拥抱的架势，朝我走过来。和一个膀大腰圆的男人搂到一起，对我还是头一次。搂了一会儿，他松开我，说，老板请客，令他在一旁作陪，他不能不从。他问我是不是饿了，我说：要不是在这里等你，几只鸽子就已经进肚了。他不解其意，微笑地望着我，似乎在等我作进一步的解释。我懒得解释，问他：马莲现在还好吧？还行，他说。我又问他们是否领了营业执照（结婚证），他说领个鬼，还没有顾上呢。

张起将我领进了最靠边的一幢小楼，上到第五层。跟我上楼时想的不一样，房间虽然装修得不错，但完全说不上舒适。因为吊了顶，房顶显得很低，上面再装上几个枝型吊灯，就难免给人一种压抑之感。房间还很乱，大厅的柞木地板上堆放着一些玻璃和纸箱。有一只破纸箱就放在门口，一些像鸟一样的东西散落在地上，使得这里既像个仓库，又像个鸟窝，看来已经好长时间没有住人了。

张起拾起一只鸟，说，好好看看，这是鹦鹉，刚生产出来的，跟真的一样会学舌。他这一说，我就发现它确实像一只鹦鹉，几乎可以乱真。张起从皮带上取下钥匙，拧着鹦哥的肚脐。这里有个暗锁，他说。他从身上摸出一节电池，装到鹦鹉的肚子里。这是一只公鹦鹉，得找个母的跟它配对。他说着，就开始在那堆鹦鹉里刨，检查每只鹦鹉的屁股，最后终于找到了一只母的，往它的肚子里也装了一节电池。他把鸟递给我，说：为了这些鸟，我好不容易长出来的头发，又快掉光了。张起话音刚落，我的手心就震动了起来。我一时没有反应过来，吓得差点把它甩出去。关上开关，然后再打开，张起说。我手忙脚乱地在它身上摸了一遍，也不知道是否摸着了地方，正担心的时候，张起说了一句：我爱你。我还在纳闷，两只鹦鹉突然开口了，它们说的也是"我爱你"，此起彼伏，像卡通片中的人物的声音。

这样玩了一会儿，张起示意我把电池抠出来。好玩吧？张起问。接着他告诉我，这里面装有三种特制的芯片，是航天飞机上用的芯片，都是走私过来的，所以不能小看这些鸟。

是你造出来的？我问他。

主意是我出的,一个研制坦克的人帮助设计的。他说,这玩意现在已经在美国登陆,一开口就是地道的美式英语。

如果我不提醒他我还没有吃饭,他就光顾着说他的鸟了。我没有吃到驴肉。他大概已经忘记了自己的许诺,用方便面、鱼肉罐头和一罐可口可乐把我打发了。饭是在卧室吃的。这个时候,我才明白这套房子并不属于张起,因为这是女人的卧室。张起说用可乐将方便面冲下,吃得快还不掉渣。不掉渣是不可能的,因为我吃得太快了。我一边啃着,一边想着下一步可能有什么发生。那些摆放在梳妆台上的香水瓶、睫毛钳、防晒霜以及墙上贴着的好莱坞明星们搂抱的剧照,都预示着一种可能。我有点紧张,也有点为张起的盛情感动。

我想,下一步张起可能会借故走开,只留下我一个人,然后我将听到一个女人的敲门声。张起眼下正盘腿坐在地板上剔牙,牙床剔出了血也不知道。他有点神情恍惚。这是可以理解的,将一个女人(很可能还是他的情人)

送给别人,谁都会犹豫,更何况我的这位朋友本来就不是很大方。

吃完之后,我用可乐漱了漱嘴,拍拍肚子站了起来,说:我想洗个澡躺下来。张起不让,他说洗什么洗,见一次面不容易,咱们先聊聊嘛。巴松曾在电话中说,张起现在变得很怪,话多,见到熟人就走不动了,似乎担心别人把他看成哑巴。巴松还说,张起一静下来以为自己还身在牢门,所以他很想热闹,可是一吵闹,他就会有被审讯的感觉,所以他又渴望清静。看来巴松说的没错。可我现在实在没有心思跟他闲聊,我觉得还是先洗澡要紧。我说:一身臭汗,影响谈兴,我得洗洗,是不是你这里不能洗?张起说,洗倒是能洗,就是得费点劲。他很不情愿地陪我走到客厅,指着一扇漆成白色的门,说:进去吧,这里二十四小时供应热水。

无法进去,因为装鹦鹉的那些纸箱堵在门口。我试着搬了一下,腰都快使断了,也没能将它挪开。张起也下手了,两个人累了一身汗,终于将它挪到了一边。张起说:我也得洗一下,我们可以边洗边聊。

浴缸是粉红色的，上面落了一层灰。张起先用水冲了一下，然后，抓着缸沿上搭的一块毛巾，擦了起来。擦着擦着，他的手突然停了下来：一只用过的避孕套从毛巾里跑了出来。我用脚趾挑了挑那东西，感觉到了它的柔软和上面细小的刺样的东西。你笑什么笑？张起问。我说：你还挺负责任的。我把那个东西指给他看，他说：你真是少见多怪，这种带刺的玩意，街上到处都是。这么说着，他自个儿先笑了起来，然后，他问我戴哪个型号的，我不好意思说大，也不好意思说小，就说戴的是中号。他说彼此彼此，他戴的也是三十三毫米的。他告诉我，马莲有时候也来这里住，这房间的钥匙，就是从马莲那里拿过来的。马莲用惯这个了，他说。他把套子放到了浴缸上方用来插花的篮子里。那里面有一枝经过风干处理，不会变形的玫瑰花。张起拿着它闻了闻，又把它放回了原处。

不会有什么人来了，我想。虽然我并不期望一定要在这天晚上享受到艳福，可意识到这一点，我还是有点失望。我还突然觉得自己是一个高尚的人，因为我没有对不起乔云萍。

张起这会儿开始取笑我，他说他早就看出来我有点不对头，又是漱口，又是梳头，还嚷着要把自己洗干净。你是不是想着我已经把人给你预备好了？他说。我懒得分辩，只说了一句：这不能完全怪我，是你把我的胃口吊起来的。他听了哈哈大笑，就像他妈的一只鸭子。

想搞女人还不容易？可以说差不多跟手淫一样容易，在这方面我有足够的发言权，张起说。他说，有那么一阵子，他急着要把积攒了一年的能量释放出来，而马莲又不能随叫随到，他就听从一个朋友的建议，去了几次舞厅。那里的女人果然非常容易上钩，容易得让人感到失去了起码的乐趣，因为它排斥过程和技术，让人难以适应。张起这种说法，我在别处也听到过，我总觉得有点言过其实，不足为信。张起一定捕捉到了我的这种心理，他一边往身上撩水，一边说：当然这要看你去的是什么舞厅了。听我的话，你别去那种高档的舞厅，那地方的女人，漂亮是漂亮，珠光宝气的，但常常有脏病，花钱买病，不划算。你可以去中档舞厅，那里的女人大多是知识女性，她们往往是因为耐不住寂寞，出来放风的。和前一类比起来，她们更讲究曲径通幽，这就用得上了技术，就看你的功夫到家不到家了，只要你能把她引出来，上床的概率就十有八九了。他再一次强调，在这方面，他有足够的发言权，讲的都是真理。

他讲的我不能说没有兴趣，但我更关注的是怎样打发这个漫漫长夜。我想，如果我现在在巴松那里的话，我大概也会遇到这个问题。

即便是在淋浴，张起也要叼着烟。他就有这种本事，浑身湿透，而嘴巴和烟却是干的。他提出要给我搓背，我担心他的烟灰烫伤我的屁股，就要求他把烟掐灭。他说：掐灭干什么，我一边吸一边给你讲故事吧。他说他刚进去的时候，并不会吸烟，是慢慢学会的。这倒是真的，上大学的时候，在同寝室的六个同学中，只有他和巴松不抽烟，巴松比他还敏感，闻到烟味，嗓子眼就发痒。他说，进到里面之后，不会抽的,也慢慢地会抽了。他说里面并不禁烟,禁的是火,可禁烟和禁火实际上是一回事,没火你怎么抽?可人们还是变成了烟鬼,这里面的学问大着呢。他说,为了搞到火种,人们差一点重新回到原始时代。探监者送来的火石,成了无价之宝。将牙刷把烧软,然后把火石按进去,是保留火种的经典方式。需要抽烟的时候,就拿牙刷把在平时收集到的坐便器的碎片上猛擦,让火星冒出来,那就跟猿人钻木取火似的。周围那些急猴们,看到火星,就赶紧把棉花团递过去,然后一帮人小心翼翼地把它吹燃。张起说,这种取火技术,他已经达到了炉火纯青的地步。有机会我给你表演一次,他说。

洗完澡,人显得很困乏,回到卧室我就躺下了。张起却毫无睡意,他还想接着聊。这时候电话响了,他走到梳妆台前接电话。我听见他说,厂里的事并不像外面说的那么严重。他们好像还抬了一会儿杠。我听出张起有点不高兴,抬高嗓门说了一句:要是真飞不出去的话,你就让它飞回来好了。接着,他又给马莲打了一个电话，把刚才的事说了一通，并说，咱们当然得先通通气。他又说他现在和我呆在一起，老同学见一次面不容易，他明天不想上班了，要陪我好好玩玩。马莲说了什么我不知道。我听张起说：先别挂，还有一件事我得说一下，你以后洗完澡，要把浴室弄干净。他们又说了一会儿，张起摇了摇我，说：醒一醒，马莲问你和乔云萍好，她说她有空就过来陪你玩。我得拉上马莲，陪你好好玩玩，他说，不说别的，就说你去看我那一次，我就得记一辈子，我记得你还给了一包烟。还有谁去看过你？我问。他说还有巴松。还是老同学亲啊，我说，马莲也去过吧？他说：她懂我，她知道男人不想让女人看见自己的软弱，所以没去。

　　过了十二点，我入睡就困难了，脑子既昏沉又兴奋，只好陪着他聊下去。后来还是谈到了巴松。我说明天我得见一下巴松，张起说：见他干什么，走的时候给他打个招呼就行了，你跟他玩不到一块的。

　　我只好对他说，既然来了，还是见见为好。

巴松遇到了一点麻烦，写信让我们帮帮他，我对张起说，其实他用不着找我，找你就行了，又不是什么大不了的事。他能遇到什么麻烦？张起说，我怎么没有听说。

第二天，我和张起醒得都不算晚。因为没睡踏实，我的脑仁有点隐隐作痛，不得不下楼买了点清凉油。张起说他可以开车把我送到母校。他站在镜前刮胡子，用舌头挑着腮帮，让我看看是否刮干净了，还拉着衣领，问它够不够挺刮。他还特别注意他头上的那几根毛，把四周的尽量往当中捋，盖住当中的那片空地，然后喷上摩丝，使之定型。这叫地方支援中央，他说。

他给马莲打了一个电话，可没有打通。他还要再打，说把马莲叫过来，大家在一起聚一下。我说，不是说好了要去见巴松的吗？他说：这也行，你可以先跟他聊聊，我呢，就不去了，不搅扰你们了。

上车之后，我感到有必要给他说明一下为什么要见巴松。我说：巴松迷上了一个女的，但不知道如何下手,想让我给他指点一下,他不知道真正的高手就坐在我旁边。我还以为什么大不了的事呢,张起说,原来是这个。他还说:其实你本人就是这方面的高手,当年,那么多人追乔云萍,只有你没有白忙乎。

他说的没错。乔云萍当时在我们年级,确实是第一支花,打她主意的人也确实不少。我和她结婚之后,她对此还常常津津乐道。我记得巴松曾问过我是用什么魔法把乔云萍娶到手的,我没有给他说那么多,只是对他说,这有点少儿不宜,等你长大了就知道了。这都是好几年前的事了。

车到了我们母校门口,张起真的要走。他说他发过誓,一辈子不再进这个校院,即便它是个天堂。他的这种情绪,我是可以理解的。当初,母校的个别老师,为了保护自己,对张起干过一些落井下石的事。看来张起一直没有原谅他们。他对我说:我不进去了,说吧,让我什么时候来接你。我没法把时间定下来,就说再联系吧。他朝我摆摆手,把车开走了。

天色还早，校园里人还不多。跟几年前相比，校园显得更加凌乱。新出现了一些楼，楼的式样非中非西、非古非今，显得不伦不类。还多了一些铁栅栏，就是带有矛尖的那种，它们将楼和空地都圈了起来。有不少人，主要是上了年纪的人，在栅栏内外练气功、慢跑或做操。我想巴松这会儿一定起来了。上大学的时候，他的外号就叫公鸡，每天都起得很早。他睡在我的上铺，他一醒来，别人就别想睡踏实了，因为他走路、洗脸、刷牙，声音都很响，能把人烦死。可大家都并不怎么恼他，对他还比较宽容。这是因为他对我们有用：这只小公鸡，能将班上的女生引到我们寝室。女生们来找他，目的很明确，就是抄他的作业。她们不抄我们的作业，好像这有点丢人似的。抄巴松的似乎就不存在丢人的问题了，因为这并不能说明她们不会做，只能说明她们懒得做，才让男孩子替她们做的。

巴松引来的那些女生，后来纷纷成了我们的女友。我们寝室六个人，除了巴松，都从那些女生中挑到了自己的相好。譬如，我挑到了乔云萍，张起挑到了马莲。乔、马等人成了我们这些人的女友之后，并没有断绝和巴松的来往。有的女生还主动替巴松打毛衣，小气一点的，也给他织过手套。她们这样做，丝毫没有引起我们的醋意。毕业之后，巴松到上海上了研究生，然后他又回到了母校。在他给我的信中，我得知他现在给学生开了一门选修课，叫"斯宾诺莎研究"。他担心我不知道斯宾诺莎是谁，就特意告诉我，这是个荷兰人，是梵高和古力特的同乡。斯宾诺莎的哲学就像郁金香一样沁人心脾，选修这门课的人出乎意料地多。在信中他这样写道。

摸到巴松住的教工宿舍楼，我看到楼前的水泥地上躺着许多人。他们都还没有睡醒。我想巴松说不定也在外面过夜，就挨儿查看那些人。其中有一个人，我比较面熟。我想了想，想起他是比我们高一年级的同学，在校期间就入了党，一张油亮的苇席上，肚脐周围落着几只苍蝇。我走过去的时候，他突然翻了个身，吓了我一跳。那几只苍蝇比我镇定，它们并没有离开他，飞了一圈，又落到了他的屁眼儿周围。

没能在那里找到巴松，我就按图索骥上楼去找他。上到六楼（顶楼），一扇门正好半开着。门上贴着一张纸条，上面写着：闲人免进。不知哪个闲人在"免"字上添了一点，使它变成了"兔"字。

我没敲门就进去了。巴松果然已经起床，他穿得整整齐齐的，正坐在一面大镜子前发呆。那是一面椭圆形的镜子，没有镜框，靠着墙放在桌子上。他通过镜子看到了我，但他并没有立即转过身来，而是盯着镜子看了一会儿，才慢慢地搓着手站起来。好玩得很，他站起来之后，还有点发愣，直到我拍了拍他的肩膀，他才醒过来神，惊讶地抓住我放在他肩膀上的手。

你终于来了，他说。在那一刻，我的感觉好极了，觉得自己就像是巴松的救命恩人似的，这种感觉可不是你想有就能有的。当然，我同时也觉得有点可笑。巴松没有什么大的变化，他还是那么瘦。当我们这些人都发福得不成样子的时候，他还能保持原来的体型，真让人羡慕。当然，变化还是有的。他原来面相白净，现在却满脸是毛，胡子从鬓角一直长到下巴。他发现我在看他的胡子，就很不自然地摸着鬓角笑了起来。既然我是他请来的，我就有必要先显示一下自己的权威。去把胡子刮掉，我对他说。

为什么？他问。少说那么多，我对他说，哪个女孩愿意让毛茸茸的嘴巴往自己脸上凑呢？你去照照镜子，看你像不像电视里的孙猴子，妖精们都喜欢唐僧，我还没听说有哪个妖精喜欢孙猴子呢。

真有那么严重吗？他问我。我只好装得正儿八经，说：听我的没错，别因为这几撮毛坏了大事。他若有所思地点了点头。

事实上，一直到我离开郑州的时候，他也没有把胡子刮掉。我事先也想到了这一点，因为他是一个有主见的人。在我要求他刮胡子的时候，我已经想好了怎么向女孩子解释他的胡子：你看，巴松的胡子多么像画框，画框就是界限，将他与庸常的生活分隔开了，就冲着他的胡子，我如果是个女的，就会嫁给他。我当然不指望这番话能把女孩说动。但见到女孩，总得开几句玩笑，活跃一下气氛吧？而巴松的胡子正是现成的由头，有了这样不伦不类的胡子，见到女孩就不会冷场了。

面对陷入单相思、热恋，或失恋中的人，你对他的尊重和安慰，就是克服厌倦情绪，听他津津有味或痛苦不堪地讲下去，不要随便插嘴，因为他其实并不需要你发表意见。他需要的只是你作出听的样子。

巴松提到那个名叫杜蓓的女孩子时，显得小心翼翼的，好像那是个易碎的器皿，稍有不慎，就会摔成一堆无用的碎片。她是巴松在二马路盯上的。上个学期刚开学的时候，巴松的扁桃体发炎化脓了，到二马路上的一家医院打针。一天下午，"细雨霏霏"（陈旧的诗意背景），他从医院出来，在那条混乱不堪的马路上推着车慢慢地走。刚进入秋天，天还不冷，可扁桃体化脓导致的高烧,还是让他感到了寒意。巴松青霉素过敏,他注射的是红霉素。红霉素刺激胃,使他直想呕吐。在巴松所描述的霏霏细雨中,他左手捂住胸脯,右手推着从旧货市场买来的破车,在马路上深一脚浅一脚地走着。就在这时候,他发现在他前面几米远的地方,冒出来一个女人。喜欢看女人,这是男人都有的爱好,巴松自然也不例外。他首先要看的是女人的光腿。巴松虽然没有详细地描述那双腿,但可以想象,那双腿即便算不上优秀,也不至于很丑陋。它们牵引着巴松,让他不由自主地跟着走。在给我的信中,巴松这样描述他初次见到杜蓓的感觉:就像疲乏的农人在深夜的雪地里行走,突然看见了半埋在雪堆中的红色谷仓。不过在信中,他没有说那个女孩名叫杜蓓。

二马路向西,是郑州最繁华的商业区。它是郑州迈向现代化都市的标志(一些路牌上写着:郑州的明天——东方芝加哥)。几座大商厦以及商厦之间的天桥,围绕着一个小广场。广场中央有座塔叫二七塔,所以广场叫二七广场。二七塔是为纪念因罢工而死的烈士修建的,它是郑州市的象征,至少许多书上都是这么说的。巴松跟随那个女孩(现在我们已经知道她名叫杜蓓)来到广场的时候,雨已经停了。阳光照耀着地上的水洼,使地面像个破碎的玻璃,反射着混乱的光线,有时使人睁不开眼睛。

　　巴松看到女孩在二七广场慢慢走着,就像一只悠闲的鸽子。在四周商厦的玻璃墙面的映衬下,巴松越看越觉得这个女孩和别人有点不一样。怎么不一样?她跟周围的环境好像既有关系又没有关系,这很怪,是吧?巴松说。她的衣料,雨伞(她把它收成短短的一截,像夹一本卷拢的杂志那样,把它夹在腋下)雨靴(红色的,靴筒很低,刚盖住脚脖子),头上的发夹,跟这个城市是有关系的;但是,她的身姿、步态,悠闲的气质,仿佛跟这个城市又没有什么关系。她就像个天使,巴松说,我觉得她就像个天使。

天使绕着二七塔的基座，在各种车辆之间穿行。巴松现在离她只有几步远。他甚至能看清她腿上的血管，"像草茎一样发蓝"。从二七塔顶垂挂下来的广告条幅，一直拖到地面。那是洋酒 XO 的广告。从未喝过洋酒的巴松，现在就站在那个条幅旁边。他现在感到头有点晕，就像是被广告上的洋酒灌醉了。就在这个时候，女孩绕着二七塔转了过来。那是一张略带忧郁的脸，忧郁使她的脸有一种沉静的韵味。

她也看见了他。让他惊奇的是，她似乎还认识他，在和他擦肩而过的时候，她的眼神说明了这一点。

巴松越说越玄了。不过，下面这句话，却是很实际的。他说，当他醒过神来，想和她打个招呼的时候，她却突然没影了，这个时候，他只是觉得有点遗憾，还谈不上什么痛苦。他在广场上又停留了一小会儿，就骑车离开了广场。在返校的路上，他的胃又难受了起来。

我当然还会去留意别的女人的背影，但我

没发现一个好的。说到这里，诚实的巴松害羞地搓着鬓角，笑了起来。

不妨这么说，如果没有第二次相遇，巴松就不会有现在这种痛苦了，他会继续猫在屋里，老老实实地搞斯宾诺莎的"神、人及其幸福论"。问题是，命运要奇怪地安排他和天使杜蓓再次邂逅，而且时间还很短，就在第二天。

他还是去打点滴，打的还是红霉素。从医院出来的时候，他其实已经把昨天的事给忘了。可他又在同样的时间，同样的地点看到了天使光洁的腿，忧郁的脸。这次，他还发现天使很丰满，走路的时候，腰部扭动的幅度恰到好处。天使在同一个广告条幅下面，朝他微微颔首，然后，未等他作出反应，她就又在车流和杂乱的人群中消失了。

巴松相信，在同一时间，同一地点，与天使的相遇还会发生第三次。他已经想过，再见到她时，他一定鼓足勇气上前搭话,并向她说明，这种相遇只能出自神的安排。但是，第三天早上，他爬起来的时候，奇怪地感觉到自己的扁桃体不疼了。他用牙刷的把儿压住舌面，反复照镜子。扁桃体确实已经没有脓点。他马上想到这是天使在暗中起了作用，使那个小小的扁桃体在一夜之间恢复了原状。

斯宾诺莎比他现在还年轻的时候，曾经钻研过磨透镜的技艺。巴松相信现在照着他的喉咙的这面玻璃镜子与斯宾诺莎有关，而镜子里的那个无用的已经消去了脓斑的扁桃体与天使有关。通过磨透镜，斯宾诺莎有了某种异教徒的倾向，并且一辈子不结婚，而通过照镜子，我们的巴松成了二流时代的爱情的信徒。

扁桃体虽然已经还原，可是继续打针，巩固一下还是很有必要的。问题是这天下午又有他的选修课，他不能不上。他相信，如果神让他见着她，那么他早晚还会见到她第三次的。

那堂课他讲得很出色。他讲的是斯宾诺莎有关爱的论述。巴松现在又把他那堂课的讲义从书堆里翻了出来，把他那天引用的斯宾诺莎的话给我念了一遍。爱的特点在于，我们从不想使自己从爱中解脱出来，如同从惊异或其他激情中解脱出来一样，这有下面两个理由：一个是因为这是不可能的；另一个是我们不从爱中解脱出来是必要的。

在我眼中，巴松实在不能算是一个有激情的人，可他说，那堂课他讲得很有激情。我讲得从来没有这么好，他说。当然他也说出了他的遗憾：缺课的人太多了，教室里的空位有一多半，而且还有不少学生一进教室，就埋头睡觉。

巴松讲得嘴唇都起皮了。喝杯水再讲，我对他说。他讲的时候，我可没少喝水，因为我早上没吃东西，巴松又想不起来给我弄点东西吃，我只好喝水。巴松看到暖水瓶被我喝空了，就说，他不需要喝水。我说，你得多喝水，否则你的扁桃体又要发炎了。巴松这才拎着水瓶，到下面的水房去打水。他走了之后，我像个耗子似的，赶快翻东西吃。在他的书架上，我找到了一盒"熊仔饼干"，几盒酒心巧克力（看来是给杜蓓准备的）。等他回来的时候，熊仔们已经被我吃去了一多半。

我替杜蓓吃了,我对他说。我让他看保质期,他一看就叫了起来,说:怎么回事,刚买的怎么就过期了呢?他捏了一块尝尝,说,吃还是能吃的。

一坐下来,巴松就又接着讲开了。他说他后来又往二马路跑了几趟,可再也没有见到她。有一天,就跟做梦似的,他在学校的操场上看学生打排球,突然看到了她。她也在那里看球。他认准是她,就朝她走了过去。对他的走近,她显得有点吃惊,还想避开他。他站在她旁边,一时不知道该说什么。想了想,他说:我在二马路上见过你两次。

她的脸一下子红了。

这一局打得不好。她说。

她说的是球,可在他看来,她的话仿佛另有深意。这时候,球队开始换人,从球场上下来的一个女生,走到杜蓓跟前,接过杜蓓替她拿的外套,同时神秘地朝杜蓓笑笑,说:你跟巴老师聊吧,我先走了。

这一天的下午,他在打开水的时候,又碰到了那个和杜蓓说话的女生。那个女生一见她,就跟他开玩笑,说:巴老师,你跟杜蓓很能聊得来,是吧?

平时,学生们是不跟他开玩笑的,可今天,这个学生是个例外(我后来见到了这个学生)。直到这个时候,巴松才知道,他要找的那个天使名叫杜蓓,是四年级的学生,而且还选修了他的课(只是很少上课而已)。

巴松说,他平时不和学生打交道,上课时也很少注意学生的脸,所以他不认识她并不奇怪。他的这个说法有点可疑,虽然我并不怀疑巴松的诚实。

巴松坦言,他以前最看不惯老师和学生谈恋爱,称之为胡搞。他经常看到有些女生和老师手拉手地在校园里走。在一次开会的时候,系领导还批评过一个教现代汉语的老师,说他把女生的肚子搞大,有点过分了。那个老师私下说,这不能全怨他,现在市面上卖的避孕套,质量不过关,他也没有办法。总不能让她去带避孕环吧？那个老师说。

巴松找到了可以说服自己的理由：我事先可不知道她是学生，现在我也没有把她看成学生，我是把她看成了天使。

后来，他多次在校院里遇到这个天使。让他难受的是，她每次见到他，都要躲，只有实在躲不开了，才会站在那里听他说上几句。鉴于二马路上的相遇是他们的共同经历，他当然每次都要从这里说起。可是，往往是他刚说出"二马路"三个字，她就显得很不耐烦，而且还满脸不高兴。问题是，她越是要躲避他，他就越是觉得自己爱的人非她莫属。巴松的考虑是这样的：她的逃避，只能说明她很纯洁，值得我去爱。因此，虽然追不上她，他却并不气恼。相反，他的感觉还非常好，觉得自己过得充实。

但最近有一个问题出来了——杜蓓即将毕业了，也就是说，她即将从他的视野里消失了。一想到她将在另外一个他不知道的地方和别人谈情说爱，他就感到她的未来一定充满痛苦；而一想到她可能会受苦，他的心就不得安宁。

我实在忍不住了，就问他：你怎么知道她会受苦呢？

这还用问！他说。

他不愿解释，他想做的是继续讲下去。他说，情况最近又有了变化，给我写的信发出之后，他得知杜蓓因成绩优异，已经列入直升研究生的人选。他说，这事年前就定了下来，可他刚刚得知。

一天，他把她叫到了这里。她来倒是来了，可并不坐下。他们就只好站着说话。你有什么打算？他问她。

打算？什么打算？

你知道我想说什么，你肯定知道的。他对她说。

我怎么知道呢？她说。

他很想鼓足劲，把"我爱你"三个字说出来，可话到嘴边，他又咽了回去。他想了想，说：我想说，或者说，我想问的是，上了研究生之后，你会朝哪个专业发展。

你怎么这么关心我啊？杜蓓说。

巴松想，事情还得从二马路上的相遇说起，得向她讲明白，从那个时候起，他的心里就一直装着她，放不下，也不想放下。可他还没来得及开口，她就说：要是没什么事，我就走了。

说着，她就真的走了。

我先声明，我可不懂女人，对男人来说，女人永远是个谜，吃不透的。为了让自己的话更形象生动一点，我又说：别小看女人身上的那个小洞洞，那是个致命的隐喻，你凭肉身是测不到底的。

他皱了皱眉，摸了摸胡子，说：你总是比我懂得多吧，云萍姐都被你娶走了。

我正想给他讲他的"云萍姐"呢。我想，对一个不幸的人最好的安慰，就是告诉他，有人比他还不幸。我还想告诉他，别对女人抱那么大的幻想，女人并不比男人高贵多少，男人能干的坏事，她们通常干得更绝。我并不想让他过于绝望，因此，我只能简单说说。

我和你姐正闹别扭呢,她已经出走一次了,还像模像样地给我留了一封信。这倒是许多年来,她给我写的第一封信。来而不往非礼也,我也写了一封信,只是信还没有写完(多年不写信了,写起来很难),她就回来了。

你把我吓了一跳。巴松说。

这么说吧,巴松,我和她结了婚,还真是有点相爱,可是事情说糟就糟了。你猜她的信是怎么写的?她写道:我们确实爱过,可现在有点厌倦了,出走并不能给我带来幸福,可我还是想离开。

你是不是做了什么对不起她的事了?

她不是写得很明白吗,她只是由于厌倦。你别担心,她出去三天就自己跑回来了,当天晚上,我们还做了爱,做得还很猛,把被子里的太空棉都蹬出来了。你看,事情说来就来了,说过去就过去了。总的说来,事情并没有闹得不可收拾。

我不知道我应该不应该给他说这些。我只知道,说了这些,心里就有点舒坦了。挺好,既没有在巴松面前说谎,又没有把乔云萍的隐私端出来。我有理由对这番话表示满意。

你别沉默不语,我这人现在最怕别人跟我玩深沉,我说。别想那么多,杜蓓可能比乔云萍好,我相信你的说法,她是个天使(笑话,她怎么会是个天使呢)。

在我看来,云萍姐就是个天使。巴松说。

是吗?

我想听听他还会再说些什么,可他却凝视着墙上那面光秃秃的镜子,一言不发了。他那副庄重的样子呈现在镜子里,显得特别滑稽。

我想见见你的天使(想见见她到底是什么货色),我对他说,你能不能去把她叫来。

毕业考试快到了。他驴唇不对马嘴地说了一句。

去叫吧。我说。

我不想打扰她。他说。

狗屁考试,那还不是走个过场,我说,这你可瞒不了我。

巴松最后还是去了。他出去之后,我到楼

下买烟。在校院里的一个小商店前面,我看到了一个坐在轮椅里的退休教师。我认得他,当初,他教我们《先秦文学》。他当然不认得我,即便他没有瘫痪,没有变成傻瓜,也不认得我。但他肯定认识张起。据张起说,他也参加过游行,但是当初在搞张起的人中,他是比较积极的。张起以前给我说"先秦"已经成了傻瓜的时候,我还以为那是张起的激愤之辞,现在我信了。卖给我烟的那个女人,大概是他的儿媳(从面相上看,不像是他的女儿)。她不找我的零钱,而是找给了我一堆泡泡糖。

这个情景是比较残酷的:我嘴里嚼着泡泡糖,瞧着已经变成了傻瓜的老师,看他怎样流口水。

分析一下,它之所以残酷,就是因为泡泡糖,如果我嘴里没有泡泡糖,那残酷的意味,就要大打折扣了。可这不能怨我,谁让他的儿媳妇,不找给我零钱呢?

先把残酷不残酷放到一边,来看看他现在那个样子吧。是的,我喜欢观察,喜欢观察那些有缺陷的事物。他的腿耷拉在那里，你一眼就可以看出哪条腿是好腿，哪条腿是坏腿。有一个明确的标志：好腿的裤管是坏的，坏腿的裤管是好的。更有趣的是，他现在正在玩的东西，除了一本已被翻烂的画册，就是一个鹦鹉。

电动虎皮鹦鹉。

巴松回到楼前的时候，我看得正上瘾呢。每过几分钟，那只鹦鹉就会叫唤两声，当然是模仿"先秦"的叫唤声。真像啊，不仔细听，你就听不出来，哪一声是鹦鹉叫的，哪一声是"先秦"叫的。当然如果你下功夫听，你还是可以听出区别来。两种声音虽然都是一样的口齿不清，但鹦鹉的叫声还是要好听一些，多少有点像刚长乳牙的婴儿的叫声。

杜蓓呢？你一个人跑回来干什么？

已经是午后了。巴松说，杜蓓去了学校的小冷食店。我赶快拉着他赶到了冷食店。巴松低声向我发誓：她肯定来过。来过没来过，又有什么不同呢，反正我们扑空了。巴松的样子真他妈好笑，他像做贼一样紧张，跟我说话的时候，用的是气声，生怕别人听见。杜蓓要是在这里，他会是什么样子呢？

冷食店设在校河边，临河支着几张台球案，有几个学生在那里打台球。我看见巴松站在球案旁边，紧张地四处张望。

他重新进到冷食店的时候，使眼色让我留意门外树荫下的一张圆桌。他当然不是让我看圆桌，而是让我看圆桌旁的一个姑娘。那个姑娘坐着一把简易折叠椅，翘着一双粗腿，在那里喝冷饮。我看了一眼就把脸扭过来了。这样的姑娘，街上到处都拥有，我不知道有什么好看的。巴松又指了一下站在收款台前的姑娘，说：这两个人都是杜蓓的朋友。

那个姑娘倒值得一看。她穿着牛仔短裤，有两条漂亮的大腿。她的腰带上挂着一个 BP 机。我立即想到她可能在课下做点小生意，应该怎样和她搭上话。她现在正和收款台里的人说得起劲呢，是不是在谈生意呢？

她回过头和折叠椅上的姑娘打招呼的时候，我发现她那张脸也长得不错。

我看着她，顿时想起了乔云萍，大学时代的乔云萍。乔云萍现在发福了，胖得和折叠椅上的姑娘差不多了，搂在怀里，你甚至都感觉不到她还有骨头。可是，上大学的时候，乔云萍的身材可是一流的，完全可以和收款台前的姑娘媲美。

她喜欢打排球，她叫苗苗。巴松说。

去把苗苗给我叫过来。

有点不妥吧？

有什么不妥，让我先跟她搞好关系。快去叫吧，别犯傻。

巴松想了想，捂着嘴干咳了两声，接着，他突然喊了一声：苗苗，杨兰春。

他把我也吓了一跳。好多人都往我们这边看。苗苗和那个叫杨兰春的胖姑娘都笑了。她们没怎么耽搁，就朝这边走了过来。苗苗一过来，就对巴松说：失敬失敬，真没看到您坐在这里。她又问巴松：这位也是咱们学校的老师？

没等巴松开口（我真担心他说出不着边的话），我就抢先作了一番自我介绍。我说我是巴松老师的朋友,眼下在另一所大学里教书。听说巴松的两个学生要直升研究生,是不是你们两个?我把话题扯到了她们身上。

我们两个?你看像吗?

像,当然像。

我们才轮不上呢,杜蓓才有资格。苗苗说着就笑了起来。她还故意问巴松:巴老师,我说的没错吧?

我本来想接着这个现成的话头,谈谈杜蓓,可巴松突然说了起来。什么话听着不顺耳,他就说什么。猜猜他是怎么说的?他说:凭天资,该轮到她们,可她们都没用功。

好在两个姑娘都没有把巴松的胡说八道放在心上。她们在我们的桌边坐下,我装作不知道杜蓓是谁,问苗苗:你说的那个杜蓓,一定是个好学生吧?我把巴松支走了,让他端凉面去了。她们两个神秘兮兮地相视一笑,然后不约而同地说:杜蓓的事,你该去问巴松,他知道得最清楚。

巴松回来的时候,我并没有去问他,而是

继续对苗苗阐释我的观点。我说：成绩好不一定水平高，水平高不一定成绩好，成绩单说明不了任何问题。我还说，在现代社会里，赚钱是很重要的，大学教授在课堂上吹起来一套一套的，可他们做起生意，十有九赔，不知道你们信不信？在任何时代，穷都不是什么值得炫耀的好事，你们说是不是？

我顺便把巴松拉进来打了一个比方：譬如巴松，要让他去做生意，人家把他卖了，他还帮人家数钱呢，巴松，你说我说的对不对？巴松正在发愣，他肯定不懂我为什么要说这些废话。他有点生气，跟赌气似的，说：我从来就没想过要去做生意。

可你毕竟在学术上站稳了脚跟，墙内开花墙外香，现在外面的许多人都知道你，我一说我是巴松的朋友，别人就用"我的朋友胡适之"的典故来取笑我。再说，你写的斯宾诺莎研究什么的，也赚了一些钱嘛，就我所知，你现在并不算穷，你其实也间接地从事了商业活动，这一点你是无法否认的。

我是在变着法子夸他,他却听不出来,好像我在揭他的什么短似的。他拎着果汁猛饮了一通,饮的还是人家姑娘的果汁。我连忙叫服务员又送来了两瓶,并且叫服务员到店门口买几只甜瓜过来。刚才,我注意到外面的瓜贩子在卖一种白甜瓜,瓜名很洋,叫"伊丽莎白"。所以我没说买甜瓜,说那是甜瓜,苗苗她们不一定吃,说是伊丽莎白,她们就乐意陪着我们品尝了。

两瓣伊丽莎白下肚,苗苗和我的谈话就投机多了。苗苗说她现在确实正在学着做生意。做着玩的,并不指望能从中赚多少,你想,倒卖卡通画能赚到多少呢,打发时间而已。

我顺便提到了鹦鹉,劝她去倒卖鹦鹉。这东西老少咸宜,我说,今天上午,我还看到一个教授在玩那东西,不信,你问你们的巴老师。

我这么一说,她就信了。她的疑虑是,那东西会不会咬人。苗苗说,她从一本拉美小说中看到过鹦鹉啄瞎人眼的事儿,小说名字记不起来了，但事情肯定是真的。

没有直接告诉她那是玩具鹦鹉，也是出于想和她多说几句话的考虑。过了一会儿，我才说：苗苗啊苗苗，现在哪能见到真正的虎皮鹦鹉，我说的是假的，是玩具鹦鹉，肚里装的是两节干电池，不过，它看上去和真的一模一样，每一根羽毛都跟真的似的。苗苗很吃惊，我就趁热打铁，说：这鸟是我的一个朋友设计的，他可以以很低的价格卖给你，如果你感兴趣，我可以给你们牵牵线。

谁设计的，我怎么不知道？巴松问。

张起搞的，这种鸟已经在美国登陆，一开口，就是地道的美式英语。

这个人确实很聪明。巴松说。

看得出来，苗苗和杨兰春虽然不愿和巴松多说话，即便说什么，也显得很不认真，但她们对巴松的话还是非常相信的。我担心巴松把张起坐过牢的事说出来，就想让他先走。我对他说：巴松，你要是有什么事，你就先走吧，我跟她们聊聊。巴松说他没什么事。我看看巴松，又看看门外打台球的那帮人。一个歪戴着遮阳帽的人,用白垩擦着球杆,嘴里喊了一声打散它们。我对巴松说,我想带着苗苗去见一下张起,你和杨兰春可以先回去忙自己的事。巴松没吭声。苗苗看了看杨兰春,然后朝我眨眨眼睛,说:我下午还有一点事,得回去下,不过,你可随时与我联系。她从口袋里掏出一张名片递给我,顺便还自嘲了一句:名片就是名骗,不过,上面的传呼号是真的。

那张名片制作得很精美,有着茉莉的香味,上面印有米老鼠、唐老鸭的头像和一行字:天天卡通诗人苗苗。

太巧了,张起也是一个诗人,以前他最喜欢荷尔德林,现在他喜欢的是英国诗人拉金。苗苗说她也喜欢拉金。她大概只是说说而已,并非真的喜欢。这样的女人我见多了,她们具有高度的协调性,到什么山上唱什么歌,从不给人咄咄逼人的印象,但能用柔弱优雅的手段使人就范。千万不能小看她,她虽然还是一个学生,可这种本事,她基本上已经学到家了。

再吃一瓣伊丽莎白吧,我对她说。甜瓜她拿起吃了,拉金的诗她也随口念了几句:

> 我先注意里面有没有动静,
> 没有,我就进去,让门自己碰上。
> 样子越来越不熟悉,
> 用处越来越不清楚。

她还真的喜欢拉金。乔云萍喜欢的是狄金森,可乔云萍却不具备狄金森自杀的勇气。不过话说回来,朋友当中,谁有这种勇气呢?上大学的时候,马莲好像也喜欢狄金森,狄金森死了,可马莲却活得比谁都好。

苗苗和杨兰春先走了。我和巴松在河边又待了一会儿。我问巴松,杜蓓和苗苗比起来,哪个更出色。巴松没有正面回答我,他说:你怎么不尊重杨兰春,杨兰春已经很不高兴了,你知道吗?

我说:我把杨兰春让给你了,让你照顾她的,她不高兴,只能说明你照顾不周。

我给张起打了个电话，催他晚上请客。张起说，请客倒没有什么问题，只是马莲晚上有事，不能来，能不能明天再请。我说：你怎么是个死脑筋，今天请了，明天还可以再请嘛。他好长时间没吭声。看来有必要把冷食店里的事给他说一说，吊吊他的胃口。我简单地把事情说了一下，也提了一下苗苗对他的鹦鹉很感兴趣，想见他一面。

张起果然来了兴致，问巴松是否也要去。说到这里，张起说：你等一下，让我去接个电话。过了一会儿，他回来了，说：你把你的电话告诉我，我再给你打过去。他这么一说，我就知道他现在说话有点不方便，可能马莲就在旁边。

我在公用电话旁边等着，几分钟之后，他果然打了过来。我听见抽水马桶在轰隆作响，就问他是不是躲在厕所。他没说是，也没说不是。

工厂里的事情闹大了，他说，鹦鹉卖不出去，工人们领不到工资，想闹事。他的说法让我大吃一惊。他刚向我吹过牛,怎么转眼之间,风向大变?

我现在是风箱里的老鼠,不知道该往哪边跑,在感情上,我是支持工人的,可马莲跟厂长的关系很铁,所以我不能轻举妄动。他说。

这像是张起的言辞吗?我不知道该怎么说,就随便问了一下他和厂长的关系。我的话音没落,诗人张起就在那边叫了起来:我恨不得一刀阉了他。

我连忙说,你去忙你的正经事吧,吃饭的事,咱们改天再说。张起的诗人脾气又犯了,说:胡扯什么呀,这顿饭我请定了,马莲来不来,我都请定了。我说,如果你真要请,那我也就不客气了,带着巴松和苗苗一起赴宴就是了。他说:你怎么傻啊,带巴松干什么,他是成事不足,败事有余。

我想了想,不让巴松来,实在有点说不过去。我就对张起说:你放心,我保证不让巴松乱说乱动。我还说,巴松平时大概很少喝酒,到时候,有意多灌他几杯,他就乖乖地睡觉去了。

我不想在这个话题上和他多纠缠，就主动把话题岔开了。我提到了那个玩鹦鹉的退休教师。我说，你说得对，"先秦"果然变傻了，傻得一点都不透气。张起说，郑板桥不是说了吗，难得糊涂，那是一种境界，就让他在那种境界里呆着吧。他又说：有机会去母校，我一定再送给他几对鹦鹉。

当然得把张起请客的事告诉巴松，否则，事到临头他要是扭扭捏捏不去，那就糟了。巴松听了，果然连连摆手。他说谁的饭局他都愿去，就是张起的例外。留在郑州的这两个同学，像猫和狗一样合不来，真是匪夷所思。不消说，问题肯定出在巴松这一边，我单刀直入，问他：巴松，你老老实实告诉我，你是不是让张起感到难堪了？

巴松说：你怎么问起我来了，你应该去问问他。

我把张起昨天说过的感谢巴松的话转述给了他，说，你看，人家张起一直记着你的好处呢，他现在还想着怎样帮你和杜蓓呢。

在我的催逼下（我甚至以回家相威胁），巴松很不情愿地向我作了一番解释。不解释还好，一解释，我就感到了巴松的可怕。

照巴松的说法，张起出来之后，有那么一段时间，成天就想着怎样勾女人，勾到手就胡来。我问巴松，你是怎么知道的？巴松说，有一次，张起把一个女人领到了他这里，让他腾个地方。巴松说：他一进来就挤眉弄眼的，频频给我使眼色，我上厕所的时候，他跟我走了进来，拍着我的屁股，说，行行好，给哥儿们腾个地方，还说，千万别让马莲知道。

他那副样子，就像一只好色的猴子，巴松说。

巴松当时就想把这事捅给马莲，他出去的时候，张起把伞从门缝塞了出来，接着门就锁上了。那时候正下着雨，巴松就打着伞在外面转来转去，想着如何去给马莲说。他觉得这不能算是背叛朋友，相反，他觉得说说对张起也有好处。在世上，张起大概只在乎马莲，只有马莲能治住他。

电话打了吗？我胆战心惊地问。

当然打了，不打我下楼干什么？给他们腾地方吗？我给马莲说，马莲姐姐你快来吧，张起现在犯病了。马莲以为我给她开玩笑呢，不急不慢地问问这个，问问那个，然后才问张起得的是什么病。我说是一种怪病，吐白沫，跟羊角风差不多。马莲姐说，羊角风并不可怕，发作一阵就过去了，我真想把实情告诉她，可又担心她受不了这种打击。马莲姐最后对我怎么说的？她说，哟，小松长大了，变得比以前幽默了。她把我搞得哭笑不得。

张起是否知道这事？我问他。

你别急，听我慢慢说嘛。打完电话我就上楼了，我看见张起和那个女人坐在桌边正喝茶呢。张起说，你怎么这么快就回来了。我没有搭理他。那个女人已经把脸上的浓妆洗掉了，比刚进门的时候显得还年轻。她还是个少女呢。张起见我不给他好脸色，就起身要走。我没有拦他，并主动把门拉开了。张起说，你想撵我吗？再撵我就不走了，就在这里住下了。

话虽这么说，他还是拉着那个女孩走了。张起边下楼边说，巴松，我们又上去了。那个女孩也说，我们又要进去了。他们边说边笑，想把我气死。不过，那个女孩的笑声可真是柔美好听，这一点我不能不承认。

我想逗逗巴松，就问：你是不是嫉妒人家张起？

那个女孩长得确实很漂亮，我还觉得她很面熟，好像在哪里见过。当然，漂亮的女孩总让人觉得面熟。

杜蕾和她比起来，哪个更漂亮？我问他。

他一本正经地说：杜蕾比她忧郁。

巴松最后还是答应了去赴张起的饭局。他答应了之后，我才对他说，苗苗和杜蕾可能也会去，待会儿我就去安排。杨兰春去不去？让她也去吧，她和苗苗是朋友，巴松说。我说杨兰春就算了，三个女人一台戏，在一起叽叽喳喳的，能把人烦死。他又担心张起见到杜蕾之后会不会使坏，我劝他放心，兔子不吃窝边草，他敢使坏，我就当场收拾他。

巴松的疑虑真是一个接着一个。他又担心杜蓓不理他。这就要看你的表现了，我对他说，如果她真的对你没什么兴趣，你也就趁早死了这份心，三步之内必有芳草，犯不着要在一棵树上吊死。我还对他说，如果杜蓓不想跟你说那么多，你也不要垂头丧气，要知道，女人心里想的和实际上做出来的往往正好相反。她越是对你有兴趣，就越是不理你；越是对你没兴趣就越是要跟你谈笑风生，这种女人很常见，杜蓓说不定就属于这一号。

巴松做出一副恍然大悟的样子，手在腿上一拍，说，对了，杜蓓就是这种人。但是几分钟之后，愁绪又笼罩了他。

他给我讲了一件事，让我替他分析一下。不消说，事情还是和杜蓓有关。一天晚上，他把杜蓓带到了校河边。他先问了问她的学习情况，夸她学习刻苦。她说她并不刻苦，考得好，是因为考试题太简单了。他说，这河边真好啊，应该每天晚上都出来散步。她说好什么好河里连水都没有。他说，可这里视野开阔呀，再说了，地上没水，我们可以看天上的银河，在缺水的年代里，银河就是我们的希望。后来，他们来到了一个石凳跟前。她坐下来，拍着石凳，让他也坐下来。有好长时间，他紧张得说不出话来，不是因为害怕，而是千言万语不知道从何说起。杜蓓说天真冷啊，耳朵都快冻掉了。巴松首先想到的就是把自己的皮夹克脱下来，给她穿上。考虑到自己的皮夹克羊膻味太重，还有点脏，他就说，你在这里等着，我回去给你拿军大衣，新的，还可以闻到花的清香呢。

他真的跑回去拿他的军大衣了。可以想象，他跑得比兔子都快。接下来的事，他不讲我也知道。等他回来的时候，他只能看到一条光秃秃的石凳，他心爱的天使早就飞得没影了。

你是天下头号傻瓜，我说，她哪里是冷啊，她是在暗示你应该抱她，可你却跑得比兔子还快。

搂住她？

对，先是搂，然后就上嘴。她要是拒绝你亲，那你就一边搂，一边说你爱她。她那股反抗劲早晚会过去的，过去之后，你就可以顺顺当当地亲了，亲来亲去，事就成了。

可她并没有同意我亲她啊。

我只好搬出自己的例子，对他说，我和乔云萍是怎么搞到一块的，你不是很想知道吗，告诉你，我当时要不是突然给她来那一下子，她现在就是别人的老婆了。并不是说亲亲就能成，但该亲的时候不亲，是绝对不行的。你的嘴和舌头是干什么用的，你看的书比我多，你知道它们属于什么吗？属于性器官，你想想，性器官都碰过了，还有什么不好说的。

亲过之后呢？过了好一会儿，巴松问我。他这么说的时候，眼珠子都红了，跟要吃人似的。

具体情况具体分析嘛，这是一个混乱的时代，也是一个技术主义时代。好多看上去很纯粹的东西，其实是杂七杂八地弄出来的，譬如玻璃，它看上去很透明，可它却是用石英、沙子、石灰石、碱的混合物，放在高温下熔化，然后冷却成形的。银河看上去很妙，可那都是一些乱七八糟的石头组成的。谈恋爱是一项技术活儿，你得像一个石匠那样，讲求技术，否则，雕像是刻不成的。一般说来，亲过之后，愿谈不愿谈，她的态度会趋于明朗。愿谈，就谈下去，并且要尽快上床越快越好。这又牵扯到了技术问题，不上床不行。现在化妆术、隆胸术都很普及，上海的一家医院甚至声称已经从国外引进了处女膜再造技术，你不亲自试试，就很容易被外表蒙蔽。实话对你说吧兄弟，我和乔云萍在学校的时候，就睡过觉了，而且不止一次。

我讲的时候，巴松就像一条鱼，嘴巴一开一合，但大多数时候是张着的。

我和巴松来到校门口的时候，苗苗已经在那里等着了。她穿着无袖的广告衫，后背上画着一条舌头吐得很长的卡通狗。那两条光洁的胳膊可真让人心动啊。巴松在四下张望，我的神情也有点恍惚。不消说，我又想起了乔云萍当初在校门口等我的情景。

苗苗没有注意到我们的出现。她正在吃冰淇淋，用小塑料勺一点一点地挖着吃，吃一口，望一下街道。如果巴松不吭声,她仍然注意不到我们。巴松绕到我的背后,用手指捅捅我的腋窝,说:怎么回事,没来?他指的是杜蓓。这时候苗苗转身看到了我们。好啊,你们让我在这里傻等。她说着,像孩子撒娇似地跺了跺脚。杜蓓没来?我问她。

我这么一问,她就飞快地扫了一眼故作镇定的巴松,撇了撇嘴,说了一声:好吧,我去叫她。

她一走,巴松就开始埋怨我打电话时没说清楚。他担心杜蓓现在不在寝室,找也没地方找。杜蓓如果真不能来,那也就算了。我对忧心忡忡的巴松说。我又突发奇想,说:巴松,你不妨跟苗苗多来往,让杜蓓吃点醋,然后你再杀杜蓓一个回马枪,我好像记得《圣经》里有这么一句,叫作只要目标正确,可以不择手段。你别用这种目光看我,我对他说,这一招很灵的,你不妨一试,为了纯洁的爱情,有时候,你不得不先堕落,或假装堕落。

看来,我已经无助了,你好像帮不了我了。

巴松突然说。

他的话听着有点不舒服,我对他说:一旦你无助了,你也就自由了,可你现在还谈不上自由,因为我们,包括苗苗都在帮你。

张起开车来的时候,我还在和巴松抬杠。我一边和他抬杠,一边想,杜蓓真应该嫁给这个傻冒,多放心啊,你可以给他戴绿帽子,但他永远不会给你戴绿帽子。张起从车里钻出来,走到我们跟前,先朝巴松伸出了手。巴松很正规地说:你好,张起。张起没有去握巴松的手,他把手放到了巴松的肩上,拍了拍,说:老弟呀老弟,见到老弟还是亲啊。

然后,我和张起就站在一边抽烟。张起不抽我递的烟,只抽他自己的。他说我的烟吸着不过瘾。我知道他的烟里掺有白粉,就劝他少吸。他笑了笑说:不说这个,姑娘们呢,怎么没见到她们的芳影?

我要他耐心一点,并说一共来了两个,一个是苗苗,另一个叫杜蓓,杜蓓就是巴松的心上人,待会儿,你说话可得谨慎一点。

巴松望着张起，目光里含着期待。张起说：巴松，放心吧，我知道该怎么做，对付一两个女人，我老张还是有一套的。

苗苗来了。苗苗夸张地喊着：嗨，我们来了。我和张起表现得比巴松还急切，快速转过身。苗苗身边的那个姑娘肯定就是杜蓓。张起低声对我说：快告诉我，哪个是杜蓓，妈的，两个都不错，分不出好坏，就跟双胞胎似的。

确实有点像，没有优劣之分。比较起来，杜蓓稍微瘦一点，脸上有一种优雅的苍白。巴松说的没错，可以称之为忧郁。忧郁的杜蓓显得随和得体，她朝我和张起笑了笑，又看了一眼巴松，说：先谢谢你们，我已经吃过晚饭了，就不去了吧。

我们正不知道该如何接腔，苗苗开口了（同时，摇了摇杜蓓的胳膊）：还是一起去吧，就算是陪我去玩的。巴松也不得要领地说了一句：你不用怕，晚上我送你回来。

不用怕是什么意思？和我们在一起，有什么可怕的？我正这么想着，苗苗又开口了。她把杜蓓的胳膊又摇了几下，说：是啊，有巴老师送，你怕什么，一起去吧。她的语气中，有一种无法掩饰的调侃。

我赶紧示意张起去把车发动起来。

车开上中原路之后，张起才把车速放慢。我和张起坐在前排，巴松和那两个姑娘坐在后排。我回头看了一下，发现那三个人都望着窗外，谁都不说话，就像三个哑巴。准确地说，现在车上有五个哑巴。张起，这个连设计玩具都要让它说话的人，现在也是个哑巴。

大家心里都装着什么事？巴松或许正在触景生情，看着街道回想他和杜蓓相遇的情景。杜蓓呢？我又回头看了一下，她还是望着窗外，一些突然扫射过来的光照到她的脸上，使她的脸显得更加惨白。

张起突然哑着嗓子向我提起了马莲：马莲本来也要来的，可是工人们将她堵在了办公室。我说：你们的工人好像是继承了二七精神。我这一说，他就失声笑了起来。他说，历史是一本糊涂账，永远是自相矛盾的。车外的喧闹和车内的死寂形成了很大的反差，为了活跃一下气氛，我想诱使张起再多说几句。我问他：你们那个厂长是不是个杂种？张起说：这要看你怎么看了，在我眼里，他当然是个杂种，可在别人眼里，就不一定了。马莲怎么看他？我问。他说，马莲觉得那家伙很有魄力，是个干大事的料，其实说白了，不就是心狠一点手辣一点吗。我听出他对马莲存有怨气，就想把这个话题收住，免得他说着说着就发作起来，搞得气氛更加紧张。这时候，张起突然提起了一个莫名其妙的问题。他把嗓门抬得很高，显然这个问题不是对我一个人提出来的。他说：你们说说黄世仁是不是真的爱白毛女？

黄世仁是谁啊？苗苗问。

是不是黄世义的哥哥？杜蓓说。

我们都笑了。黄世义是学校的副书记，在中文系上过一门叫《马列文论》的选修课，后来被学生轰下了讲台，认真当专职副书记去了。感谢黄世仁，他把气氛搞活了。

苗苗说，爱不爱我不知道，不过，起码能

说明黄世仁很有审美眼光,知道什么是美。

杜蓓,你说呢?我问。

杜蓓说:苗苗说的有道理。她又说了一句:不想吃天鹅肉的蛤蟆,一定是一只死蛤蟆。

我们都笑了。我立即把蛤蟆和巴松联系了起来,我想,这可能是一个信号,表示她对巴松的追求并不反感。她能理解蛤蟆,她就应该能理解巴松。

话头是张起挑起来的,可他现在却一声不吭。我顿时明白了他的潜台词。他并不是为了活跃气氛才说这番话的(虽然客观上造成了这个效果),他实际上是在暗示,马莲就是个现代白毛女,当然与苦大仇深的喜儿相比,她是个快乐的白毛女。

他怎么说起了这个?是在为自己的某种举动寻找借口吗?

车驶过了二七广场,上了人民路。一溜教堂在夜色中一晃而过。张起的嗓门又抬高了,这次他说的不是白毛女,而是驴。他说:注意了,看到路边的驴,咱们就到了。我担心后边的人听不懂,就补充了一下,说我们是要去吃驴肉。大家都赶快往窗外看,寻找路边的驴。

大家没有看到驴,却听到了一阵轰然而至的音乐。那是《大海航行靠舵手》,摇滚风格的,编配的打击乐器仿佛要击穿人的耳膜。接着是崔健的《红旗下的蛋》。然后是中央电视台播放的那个痔疮广告里的音乐,那是一段由美声唱法、通俗唱法、数来宝几种唱、说艺术搭配而成的音乐:

> 你快点说啊快点讲快点说……
> 说出来说出来说出来……

车把那些声音甩到后面的时候,张起又开始谈驴了。准确地说,他谈的是驴肉。他说:驴肉可是个好东西,大补,今年最流行的菜就是驴肉。他问巴松:巴松,今年你吃过驴肉没有?

巴松终于幽默了一次,不过他的幽默好像

有点不对味。他说：郑州人干什么都是一窝蜂，去年吃狗，今年吃驴，好像刚发现世上有驴一样，其实驴并不是现在才有的，那是一种古老的动物，说不定比人出现得还早。

我们终于看到了驴。在花园路和人民路的交叉口附近，一头驴出现了。它被拴在一家饭店的门口，在街灯、立交桥的桥灯、车灯和饭店门楣上的霓虹灯的照耀下，它不太像是地球上的物种，倒像是神话中的什么动物。可它只能是驴，从饭店飘出来的驴肉的香味，准确无误地提醒我们，它就是驴，正在锅里沸腾的东西就是这头驴的兄弟姐妹，父老乡亲。

我们把车停在立交桥下面，向驴走过去。苗苗说那头驴像头斑马。还真让这个丫头说对了，它真的像赵忠祥在《动物世界》里解说过的斑马。当然，也仅仅是像而已。斑马生活在电视里，而这头驴只能生活在郑州的饭店门口。为什么像斑马呢？我们都想了一下。原来是驴的皮毛被有规则地染成了条纹状：一道黑，一道白。

苗苗问今天要吃的是不是这头驴。张起说，今天恐怕来不及了，等把它杀掉去皮洗净煮熟，天就要亮了。一路上不说话的杜蓓突然喊了一声：它吃的是什么呀？

巴松立即跑到驴头跟前，弯下腰，朝那个红色的大塑料盆看了看。他从盆里捡起一只罐头瓶（铁皮的），递给了杜蓓。杜蓓显然是怕脏，不愿接，可她躲了两下，还是接住了。她念着上面的英文，大概没有完全弄懂，就转动着瓶子，寻找上面的汉字。不用找了，那里面装的是燕麦粥，张起说。

饭店大厅里已经挤满了人。张起很有派头地问雅间是否也坐满了。穿着印有驴头的红背心的侍者，把我们领进了一个过道。过道很长，两边都是门，从门缝里传出来南腔北调的划拳行令声，间或还有人学几声驴叫。听见他们学的驴叫，两个姑娘就笑了起来。我让巴松也学一下，可巴松没学。

雅间里有空调，很凉爽，给人的感觉就像是春天或者秋天。善于察言观色的女侍者已经看出来是张起做东，所以对张起很热情，主动地替他拉开了椅子，把餐巾围到他的脖子上，并让张起点菜。张起说，让女士们点，他只点一道汤。

热菜、凉菜全都出自驴身上，连苗苗点的主食饺子也是驴肉馅的，所以张起说纯粹啊纯粹。张起点的那份汤，不用说也跟驴有关，那是一份驴鞭汤。

杜蓓坐在苗苗和巴松之间，她只喝饮料，不吃菜。我把一盘晶莹的驴蹄筋挪到了杜蓓跟前，她夹了一截，像嚼泡泡糖似的，一直嚼着，不再动筷了。

苗苗和张起很快就说到了一块。张起说他会帮苗苗以成本价拿到鹦鹉。他劝苗苗毕业之后来厂里工作：厂里的高级职员，出国机会很多的，出去之后，你想回来就回来，不想回来，就在那边嫁个人，当当华侨。苗苗很有礼貌地说她回去要认真考虑一下。

你呢？你愿不愿意来我们厂？张起问杜蓓。

杜蓓准备上研究生呢，巴松说。

那可不一定，我还没想好呢，杜蓓说。

我连忙出来打圆场，对张起说：杜蓓在学校是个拔尖生，到你那里去确实有点屈才。

苗苗来也有点屈才，张起说，不过你们可以从这里起步，然后一步一个台阶往上走。

我就是这么一步一个脚印走过来的，张起又说，五年前，我身无分文，走在街上连条狗都不如，可我挺过来了，你们想知道五六年前我在哪里吗？"犯人"的"犯"字是怎么写的？它是"犬"字旁，犬就是狗啊。

张起的话匣子一打开，别人是无法给他关上的。他又要讲他的狱中生活了。他真像一条公狗，走到哪里都要撒泡尿，留点记号。不过这一次他没能撒成尿。因为大厅里突然响起了一阵驴叫，真正的驴叫，像咏叹调似的，带着一种悲怆的色彩，把张起的声音盖住了，使他不得不住嘴。接着是人的笑声，然后是许多人对驴叫的齐声模仿。

张起先站起来。他打着手势，让大家出去看看。苗苗拉着杜蓓出去了，巴松跟在后面也出去了。是门口的那只驴跑进来了,张起说,每次都这样。

果然是。

戴着红袖章的市容管理员站在毛驴旁边,一边抚摸它那漂亮的皮毛,一边听饭店领班小姐的解释。小姐说:它真的不是一般的驴,拴在那里不会影响市容的,只会给市容增色,因为它是一件艺术品。

管理员撕了一张罚款单,递给领班。领班立即招呼手下的侍者重新把驴牵出去。正如张起所说,他们双方很熟,可以说很友好,公事公办之后,他们还站在那里聊了一会儿。领班让侍者用塑料袋包了一只驴耳朵递给管理员,管理员伸着鼻子闻了闻,然后把它塞进了那个装票据的包里。

人的视线主要是跟驴跑。驴叫唤两声被牵出去之后,许多人也跟着走了出去。好像驴这一进一出,就有了什么变化,值得再看看。苗苗和杜蓓出去了,不用说,巴松也跟着出去了,还有我。

什么时候张起也出来了。他站在我旁边，拍了我一下，说：好玩吧？

我趁机对他说：你怎么又讲起了悲惨世界？不要再讲了，你还是替巴松说两句好听话吧。

张起没有说行，也没说不行。

张起给了我一点面子，回到雅间，他没有再讲他的狱中生活。他让大家放开肚子吃，觉得哪道菜好，就再要一份，吃不完可以打包带走。

你一定很讲究吃，苗苗对张起说。张起说，谁不爱吃呢，孔子说得好，食色性也。他要苗苗给他解释一下什么叫"食色性也"。苗苗说：这有什么好说的，不就是吃饭谈恋爱吗。张起说：你说得也算对，其实它还有另外一层意思，食就是吃人，色呢，就是生人，吃吃生生，生生吃吃，这就叫简单再生产。他问巴松：巴松，我这样解释，能说得过去吗？

巴松说：你的说法很有新意。

张起接着就说：遇到任何学术问题，我都得请教巴松。他把脸扭向杜蓓，说：巴松上大学的时候，跟你现在一样，也是个尖子，他非常讨人喜欢，尤其是讨女孩子喜欢，女孩子也都非常信任他。他正生硬地夸着巴松，突然把我也拉了进来。他说：苗苗和杜蓓听着，说起来你们可能不信，当时有个女生叫乔云萍，听巴松说有个小伙子非常好，就奋不顾身地嫁给了他。他这么说着，还拍了拍我的肩膀：不信，你们可以问他，他的老婆就是乔云萍。

这倒是真的，我说。

巴松老师还当过媒人，真是看不出来，苗苗说。

我也没有看出来，杜蓓说。

杜蓓，巴松说你像个天使，天使不天使我不知道，我倒是觉得你像维纳斯，张起说。他还把脸转向我，问我他说得对不对。

我当然得跟着他说像，眼下，我似乎没有说不像的权利。如果我说不像，杜蓓反倒可能会不高兴。

杜蓓就是这个时候紧张起来的。她的身子缩了一下，接着，把两条胳膊环抱到了胸前，仿佛是担心它们会像维纳斯那样断掉似的。她的动作显得那么急切和慌乱,以至于把醋碟和汤匙都碰掉了。

张起开始谈维纳斯,谈中国人最熟悉的那个女神。他还站了起来。他又一次问我,杜蓓像不像。我说:像,真像,主要是气质上像,高雅,有理性。他站在那里,我生怕他做出什么过分的动作,就把他拉坐下了。

巴松这时说:维纳斯也算是天使。

我们都还听到了醋碟和汤匙在地板砖上旋转、滑动的声音。那声音细碎而杂乱。巴松弯腰去捡,然后说:碎了,真的碎了。说过这话,他又倒过来安慰杜蓓:碎就碎了,它迟早要碎的。

杜蓓已经恢复了正常。她抱歉地朝大家笑笑,还轻轻地摇了摇头。她又回到了那种优雅得体的状态,却把尴尬留给了谈论维纳斯的张起和我。

幸亏这时外面又响起了一阵吵闹声。大家立即像逃离某种东西似的,逃离了雅间,奔向了大厅。大厅里的众多食客们这会儿已经拥向了门外，剩下的基本上都是醉鬼。

这次是街上出了事。也跟驴有关。一头拉着一车垃圾的毛驴，走近立交桥下的十字路口，神经突然有点不正常了，开始横冲直撞。有几名交警将它包围了起来，可没能制服它。在它四周，是一溜轿车：桑塔纳、林肯、奔驰、皇冠。那些司机吓得连连鸣笛，胆小的已经跳车而逃。那个赶车的先是大声地咒骂驴的祖宗八代，接着就躲到了一边，抽着旱烟，欣赏起了自己那头犟驴的表演。

一帮蠢货，竟然想不起来电警棍，张起说。他有挨电警棍的体验，所以他的话显得很在行：电它一下，它就不敢犯犟了。

张起能想到的，人家其实也想到了。那头驴最后就是被电警棍制服的。它没有像人那样倒下，而是呆在原地，不停地打抖。然后它像突然被驯化的野驴一样，跟在一辆林肯车后面通过了十字路口。

大家又回到了雅间。驴鞭汤端上来了，张

起主动地给杜蓓和苗苗各盛了一小碗，还用公筷串着铜钱似的鞭片丢到她们的碗里。这东西对你们虽然没用，但尝尝鲜还是有必要的。张起说。杜蓓和苗苗异口同声地说了一句讨厌。她们并不恼，还捂着嘴笑了笑。看着杜蓓那样放松，我就想，说不定巴松和杜蓓之间会有戏的。

天下没有不散的筵席。散伙时候到了，张起安排巴松和杜蓓先走（满足了巴松的愿望），并提前把车费直接交给了面的司机。车开走之后，苗苗笑了起来。我和张起都问她笑什么，她说：笑什么，你们自己清楚。我们都说不清楚，让她讲讲。她不讲。我们就问她：你说说巴松和杜蓓能不能搞成？她这才说：你们搞这一套，简直是小儿科。现在，你们时兴什么新招？张起问苗苗。苗苗说，她也不知道还有什么新招，她只是觉得这一套把戏已经不好玩了。张起连忙问，是不是应该更加直截了当？苗苗只是笑。

苗苗不说回校，我们也不提。

你们要把我带到哪儿去啊？苗苗说。张起

说，你不是想看看鹦鹉吗，马上就可以让你看到。我们三个人就直奔尔雅小区。到了小区，上楼的时候，苗苗提了一个问题——她和杜蓓谁好？"谁好"是什么意思？张起问苗苗，你是不是指谁更性感？这句话一出，我就感到，大家已经把自己推到了某个边界。张起又说：从外表看，你们两个都很性感。苗苗在楼梯上停了一下，说：总会有不一样的地方吧？

在幽暗的楼梯上，张起也停下不走了。他得就地把苗苗的问题解决掉。他对苗苗说：你们的味道有点不一样，一个是辛辣的洋葱，一个是馨香的百合。苗苗接着就问，谁是洋葱，谁是百合。张起说：你可能更接近我喜欢的洋葱。我才不是洋葱呢，苗苗说。那你就是百合，我插了一句。我的话同样让苗苗不满，苗苗说，她也不是百合。

那你是什么呢？张起问。

进到了房间，张起好长时间没有找到开关。他似乎喝多了，有一次，竟然把手摸到了我的脸上。百合和洋葱的问题还没有解决，所以张起一边找开关,一边说:任何事物,只能否定地说明它,而不能肯定地说明它,苗苗,你既不是百合,也不是洋葱,这样说你满意吧?

他正这么说着,枝型吊灯突然亮了。我的眼睛猛地感到了一阵刺疼。它中断了洋葱和百合的讨论。

苗苗既然来了,就得让她和鹦鹉发生一点关系,否则就会显得师出无名。现在,苗苗踮着脚尖,在扔了一地的鹦鹉之间走着,那样子就像一个小姑娘在做踩水游戏。她那样走了一阵,拎着一只鹦鹉看了看,把它放下了。然后又拎起了一只。当她把屁股撅向我们的时候,我和张起的眼神对接了一下,张起还点了点下巴。我们以为她还要再撅一会儿呢,可她很快就把那只鹦鹉扔到了地上,直起了腰。

张起给她演示了一下鹦鹉,告诉她怎样辨识公母。他说了一声我爱你,那只鹦鹉也说了一声。它还会说英文,张起说,你千万不能小看这鸟,这里面用的芯片,都是走私过来的,原来是航天飞机上用的。是你研制出来的?苗苗问。他说，当然，你没看我的头发都快掉光了，都是这东西闹的。苗苗正听着，突然问了一声：这里能不能洗澡？

张起拉了我一下，说：跟我过来，帮着把浴室整理一下。在浴室里，他把那只避孕套翻了出来，放到肥皂盒里，想了想，又把放进了花篮。他悄声问我：你上不上？我说：上哪里？他说：你少给我装糊涂。苗苗推开门问搞好了没有，还问我们在谈什么。张起说他正在调水温。水不要太热，苗苗说。张起说那当然，这又不是给鸡褪毛。苗苗立即朝张起头上打了一下。她说给女生们说话，最忌讳谈"鸡"这个字。

隔着那道门，苗苗冲澡的声音清晰可闻，水珠似乎可以溅到我们脸上，将我们的睫毛打湿。张起说，待会儿，他是不想上的，因为他对这事已经厌倦了。他一边摆弄那些鹦鹉，一边说，这些年来，他经手的女人不能算少，只有一个女孩给她留下了一点印象，别的仿佛都没有存在过一样。是马莲吧？我说。他说不是，是另外一个，巴松见过的。他还说，那个女孩的男朋友我也认识，说出来，能让我吃一惊。

果然让我吃了一惊。那个男的也是我们的同学。几年前，张起还关在里面的时候，此人曾经和马莲住过几天，后来，他考托福去美国了。这事我一直以为张起不知道，看来，世上真是没有不透风的墙。我装作第一次听到，连连摆手，说：马莲不是那种人，你不要听风就是雨，自己吓自己。张起没有理会我的安慰，他把马莲放到一边，继续谈那个女孩。他说，搞那个女孩无非是想报复她的男友，同时也给马莲一点厉害瞧瞧，可他没料到，后来出了一点小问题，那就是他发现自己有点爱上那个女孩了，而几乎同时，他得知那个出国的杂种把她给甩了。他说，从那之后，他就像染上了什么瘟疫似的，对男欢女爱失去了兴趣，好像身上的那个撞针被弄断了似的。

说什么呢，说得那么起劲？苗苗在里面说。我们在说撞针，我对着浴室的门喊道。张起说，他曾经非常想听女孩说一声爱他的话，可女孩说,她不是已经说过了吗。她倒真是说过了,是在给自己的男友的信中说的。那封信张起看过,里面说,她现在爱上了张起。问题就怪在这里,她可以在信中写,可就是不愿当面对他说。而张起想要的是后一种,因为在信中说这话,对张起已经毫无意义了。

他对我说,他曾经把这个女孩领到巴松那里,巴松的表现实在好玩,还想赶他们走。他们故意不走,把童男子巴松气得拍桌子打板凳。张起说,现在想起来,那是他和女孩交往过程中遇到的唯一的开心事。

苗苗这时候在里面问:喂,你们是不是在谈杜蓓和巴松?我和张起都说是。张起还对着门说:苗苗,你应该去劝劝杜蓓,我们的巴松自从见到杜蓓,就走火入魔了。应该说是在二马路上见过杜蓓,才走火入魔的,苗苗在里面纠正着张起。她说杜蓓因为发烧,导致了肺炎,从二马路医院出来,被巴松给盯上了。这么说着她就走出来了。她刚换了一身衣服,上边是件很短的背心,下边是一条宽松的真丝裤子,裤子和背心之间，是一大片白肉，肚脐像个眼睛似的，张得很大。张起上去就问：苗苗，你的肚脐是不是整过容？苗苗说：你真有眼力，它还真的动过手术。接着她告诉我们，杜蓓的肚脐也动过，就是在二马路的一家医院动的。

你和杜蓓，谁的肚脐更美？我问。

当然是苗苗的美了，张起说。

那可不一定，她的也很美，凡是看过的，都说好。苗苗说。

我们三个人在马莲的卧室坐了下来。我们又谈了一会儿肚脐，张起问苗苗动过手术之后，是不是发过烧。苗苗再次感叹张起了不起，连发烧的事情都知道。她坦率地承认，自己现在还经常发烧。后来，趁苗苗去厨房翻饮料的时候，张起告诉我，马莲也动过这种手术，刚动的那一段时间，就像患上了肺炎似的，三天两头烧个不停。他说马莲的肚脐看上去和苗苗的一样，像个小酒杯，里面可以放下一个玻璃弹珠。"玻璃"这个词立即给我一种冰凉的感觉，好像那个玻璃弹珠是放在我的肚脐眼里似的，我忍不住地打了一个哆嗦。这时候，像魔术师从纸盒子里掏鸭子似的，张起从口袋里摸出来了一个黑色瓷块和一个牙刷把。不用说，那个瓷块来自某个坐便器。张起本来是想在饭桌上表演这项取火技术的，可没有找到机会，现在，他使劲地擦着那两个东西，而我，叼着烟蹲在一旁，等待着那火苗出来。

抒情时代

一

1

整整两天时间了,袁枚都被下面这个问题困扰着:

究竟是在何时何地让她怀孕的?

他不断地演算日期,推算他和她相遇相交的具体场所,以图获得一个较为准确的答案。

这个问题太关键了。只有搞清楚了这一点,当他面对妻子怀疑的目光时,他才能够一口咬定:那个女人的肚子里装的娃娃可不是我的种。在某时某地,我不是和你待在一起吗?那段时间,我可是从未离开过你。

他的妻子马莲是个出租汽车司机,在袁副教授眼里,她无疑是个傻瓜。他可以充分利用智力上的优势,在她面前蒙混过关。即使她仍然对此将信将疑,她也拿他毫无办法。

想到这里,副教授面对楼梯拐角处的脏墙,情不自禁地笑了起来。但是他脸上的笑意很快就收敛了:绝不是由于他发现了这个计划的不合理的地方,而是由于他突然意识到,迄今为止,他还没能推导出那道算术题的答案。

下楼的时候,他的心情又糟糕了。

2

今天是星期一。课表提醒他,上午他得上

够三节课。本学期,他又给中文系高年级的学生开设了《希腊神话读解》的选修课。这次该讲忒修斯的故事了。每年一度讲到这里,他都讲得眉飞色舞。当他讲到那个雅典王子忒修斯穿着绊鞋,腰上悬挂着宝剑,出远门寻找父亲的时候,他自己会有一种亲历其境的感觉。仿佛行走在古希腊那条明净的道路上的人,就是袁副教授。"不为做过的事情忙碌和滞留,他总感到有最重要的事情在前面招手。"在他的教案上,他写下了这样一句话。它曾使他非常得意,后来,他才发现它是一位法国作家的名言,而不是他自己的创造。尽管如此,他还是乐意把它当作自己的格言警句讲给学生们听,并且,他还要提醒弟子们,这句话就是忒修斯的故事的主题,要求他们耳熟能详。

然而,这一次他讲砸了。他还没有来得及讲述这句格言,他的脑子就糊涂了。他站在讲台的边缘,有两次,他差点从讲台上跌落下来。他瞧着那几十名心不在焉的青年男女,感到要朝他们灌输的知识从他的太阳穴那里溜走了,使他的脑袋成为一个摆来晃去的空壳。

凭借以往的授课经验,他知道要想让弟子们不敢幸灾乐祸,不敢起哄,最管用的办法就是出一道思考题,折磨他们一下。他扶着黑板的木框,瞧着那些正笑眯眯地东张西望的学生,脑子里揣度着哪道题更能奏效。这会儿,他再次感到脑子里空空如也,他只能听到那里面发出的一种沉闷的蜂鸣声。后来,有一道题突然闪现了。他赶紧去抓它,而它已经逃得无影无踪了。

有几个男生在他的眼皮底下朝门口走去。剩下的人,有的跺脚,有的吹起了口哨。更多的人,开始成双捉对地闲聊起来。前排的几位矮个子女生打着哈欠站起了身,同时笑嘻嘻地瞧着愣在讲台上的袁副教授。

3

当空荡荡的阶梯教室里只剩下副教授一个人的时候,他凝视着一排排逐渐升高的空座位，感到脑子有点好使了。他又想到了莉莉，就是这个女人搅得他惶惑不安心绪难宁。他仿佛又看到了她，她的面容就浮现在结满霜花的窗玻璃上，挡住了他的视线，使他难以看清窗外更远处的雪景。

那是一张忧郁的脸，有点浮肿，因为临盆在即，她的脸色像梨子一样发黄。要是我刚认识她时她就是这副模样，那该有多好，我就犯不着找她了。但遗憾的是，这只是她最近留给我的印象。当初，她干吗那么漂亮呢？我真是倒霉透了。他一边想着，一边擦拭着镜片。

三周前，他去幼儿园看儿子时，还在门口遇见了她。望见她那副臃肿的模样，他就想拔腿溜掉。可恨的是，那时候孩子们刚好被阿姨带到墙外放风，儿子见到他这位久别的父亲，就像被马蜂蜇了一下，呜呜大哭起来。他只好硬着头皮走到儿子跟前。这时候，他瞥见她也朝这边走过来。他摸着儿子的后脑勺，她也忙着从宽松的裤腰里掏出手绢替孩子擦鼻涕。这幅和谐的图景让他感到恐惧：他担心她会受到这个场景的启示和激励,坚定她为他生一个孩子的决心。在他看来,那是她许久以来所抱定的一个信念。他站在儿子的身后,感到无处逃避。令他恼火的是,其余的家长们还向这边投来了羡慕的目光,它使得莉莉更加怡然自得。后来,铃声终于响了,孩子们又被阿姨带进了墙内,他跟着儿子一路小跑,追赶着儿子,仿佛在央求儿子把他带进去,以便躲开身后那位孕妇。但那扇铁门关死了,只剩下他和莉莉站在贴满了大象、熊猫、唐老鸭……各种招贴画的院墙之外。

"你来这里干什么?"他转身问她。

"我经常到这里来,"她迎着他的目光,说道,"我现在突然对孩子抱有好感了。"

"是啊,他们比洋娃娃好玩。"

"你知道,我就要生下你的小家伙了。"他把她引到旁边的一条小路上,有点恼火地对她说:"我们已经说好了嘛。听着,莉莉,我们都要认定这个孩子是你丈夫的。不光是口头上认定,而且要在心底里认定这个事实。再说,赵元任对你也不错嘛。"

"他却要求我把这孩子弄掉。"

"那就弄掉呗。"

"来不及了。"

"当初我跟你谈过,让你去刮宫、流产,你却抱定主意要生。"他往地上吐了口痰。

"他是个医生,他知道这个孩子不是他的产物,半年前,他还在国外,这你是知道的。"

"难道他就没有中途溜回家跟你睡一觉?他干吗推得那么干净?呸。"

"他一直待在美国。"她说。

这个消息他早就知道了,但是一听到她这么说,他又感到极为恼怒。

最后,当他们离开幼儿园前的操场时,她拍了拍凸起的肚子,用鄙视的语调对他说:

"我只不过是想知道你是否还在爱我。你这种不买账的态度,使我很吃惊。我还是要生。"

她皱着眉头望了望他,转身走了。

在回家的路上,他重温着她那种鄙视他的腔调,心底莫名其妙地浮现出喜悦:她哪能把孩子丢给我呢？只有傻瓜才会把孩子丢给一个自己所讨厌的男人。那时候，他错误地认为事情已经对付过去了。他默默地在心里盘算着：等她把孩子塞给那个外科医生赵元任之后，我再设法与她取得联系，如果运气好，我就会再次得到她，那时，我将向她道歉，争取她对我眼下这种不认账行为的谅解。

但是，两天前，莉莉突然给他打来了一个电话。虽然马莲不在家，但接到莉莉的电话，他还是有些紧张。"我昨晚做了一个梦。我梦见我和这孩子一起死了。奇怪的是，我又是必须打电话把我死了的消息通知给你的那个人。"

"那只是一个梦。等你爱人回到家，你再给他讲一遍，一切就会过去的。"他有点漫不经心。

"他见不到我啦，袁枚。"她有点幸灾乐祸地说，"我随时都会死去的。"

"谈何容易……"他说。话一出口，他就感到这话有些不得要领。他的心里突然乱糟糟的。

这时，电话里响起了忙音。在电话中断的那一瞬间，他似乎听到了她的气急败坏的冷笑声。随后，他一直被一个念头缠绕着：她会突然闯进门来吗？她真刁啊。

那天，马莲又回来得很晚。尽管最近一段时间以来她经常如此，但他还是觉得那一天她的晚归有点不同寻常的味道：她或许被莉莉拦在学院门口了，莉莉正心怀叵测地向她兜售着他俩的秘密……这些不祥的预感让他许久坐立不安。他甚至想到马莲或许会带着莉莉一起回来，就像随身携带着一件赃物。庆幸的是，那天马莲是一个人进门的。他看到她浑身都被雪浸湿了。他惴惴不安地望着她。她被他看得极不自在，终于先开口对他说，出租车在路上出了点故障，所以耽误了许久。说完，她就走进了浴室。他站在浴室的门外，揣度着马莲的语调和表情，心里不停地打鼓：她到底是知道了还是不知道？

两天来，尽管马莲没有向他问起莉莉的事，他却一直在紧张地准备着问题的答案，以便随时都能够对答如流。在某个时刻，他会觉得马莲或许真的还被完美地蒙在鼓里，他错怪了莉莉；而在另外的某个时辰，他又觉得马莲在耐心地等待着他的招供：在招供之前，她大概不愿意搭理我。我怎么会向你招认呢？你这个傻瓜。他瞧着马莲那日渐发粗的身段，在心里嘲弄她。

尽管如此，他仍然保持着高度的警觉，神经绷得紧紧的。听到电话铃声，他的脑子里就会突然出现一片空白。他忍不住地在心里说：这些女人们真是太残忍了。

4

这天中午，袁枚从教学楼里出来，刚好遇见了张亮。看到袁枚那副神情恍惚的模样，张亮非常高兴地邀请袁枚到家里聊聊。

许多年来，张亮一直是袁枚最要好的朋友。每逢遇到什么棘手难办的事，他们都要互相通报，为对方出谋划策。张亮在中文系里担任《语言学概论》课。他们在专业上没有共同语言,但是,他们都热爱女人。这共同的爱好足以填补专业之间的隔阂。作为一名讲师,张亮曾经略加掩饰地表示他对袁枚的嫉妒。"让那个老家伙早瘫痪两年试试看,"张亮对系主任说"袁枚同志摊上了那个老家伙,才混到高级职称的,所以本人无话可说。"袁枚的岳父在瘫痪之前是这座城市里炙手可热的人物,理所应当地要保送女婿进入著名学者的行列。

有一段时间,他们的关系有点紧张。后来,有一件事及时地出现了,导致了他们又和好如初。一个低年级的女生迷上了张亮,张亮顺水推舟地让那个丫头怀上了孩子。袁枚和张亮把那个痴情的丫头哄到乡下刮了宫。由于手术做得不太理想,那个姑娘返校之后持续血崩,被同寝室的一个死对头看出了门道,事情就露馅了。那个血淋淋的丫头差点就要被学校开除,在这节骨眼上,袁枚找到了岳父,岳父的一个电话就解决了问题:姑娘得以继续攻读;张亮也得以免受处分,重要的是,他省去了自我忏悔的麻烦。张亮事后对袁枚说：

"这虽然是一桩小事，但我还是要报恩。"

"我终于给你一次报恩的机会。"袁枚心里说道。

现在，他们推着自行车往家属区走。张亮一路上不停地和行人打着招呼，而袁枚却一声不吭地跟在张亮旁边。他看到张亮的情绪非常高涨，脸蛋也刮得很干净，猿猴那样的厚嘴唇不停地翻动着。后来，他们走进家属院的侧门时，张亮拍着他的肩膀说：

"袁副教授，我们确实许久没在一起聊天了。真是闷得很呐。快告诉我，又发生了什么新鲜事。"

"倒是有一件倒霉的事。我知道，你会帮我这个忙的。"

他们一边走，一边低声交谈着。张亮有时停下来，盯着袁枚看上一会儿，然后重复地说道："天哪，你真行。"

5

"业精于勤,荒于嬉。"张亮在正式发表意见之前首先感叹道,"你有这么大的收获,是我万万想不到的。唉,我已经许久没有碰过女人的一根毛啦。"说着,张亮将电视机打开,又往录像机里塞了一盘带子。

"这两天,我一直想找你说说。我都快急疯了。"

"马莲知道了吗?她有什么异常的举动和言谈吗?"张亮后退两步,瞧着电视屏幕,里面正发生着一起爆炸事件。有一个人被炸到窗外,一只孤零零的手在尘埃中飘着。

"这正是我难以把握的地方。"

"袁兄,先看电视,有一段台词是我配的音,你听。"

"关掉它吧,张亮,我已经听过几次啦,我每次来你这里,你都让我听。"

"那好吧。"张亮关掉电视,坐到袁枚的

对面,"你在说什么?你说哪些地方让你难以把握?"

"马莲的言谈和举止。"

"我们先假设她已经嗅到了某种气息,你知道,马莲总以为人的鼻子很灵敏,这极可能是她对自己的判断,我们以此推测她已经嗅到了某种气息。在这种情况下,她还能忍耐多久呢?她会像市井小人那样去上吊吗?"

"糟糕的是,我以前从未遇到过这种事。我没有经验。我也很难摸清她的思路。她倒是每天照样早出晚归……"

"好了,袁枚,"张亮打断他的话,换了另一个话题,"我对马莲的情况已经心里有谱了。现在,我更关心的是,你和那个女人是怎么认识的。这一点,你刚才没有讲。"

袁枚沉默了一会儿,说:"没有这个必要吧?"他注意到张亮有些兴致勃勃。

"否则,我很难推测她的性格,也难以摸准她的脾气。我的眼前必须有一幅活动的画面。然后,我的直觉会告诉我,对她这种女人该如何处置。"张亮说。

"我曾经偷梁换柱地给你讲过这个故事,其实故事中那个遭我唾骂的男主人公就是我。你想起来了吧?"

"没有。没有一点印象。你给我讲过的故事太多了。"张亮说。

"你知道,一年前我在本市的人民会堂参加了一个学术讨论会。我和莉莉就在会堂背后的小酒吧里认识了。当时,她完全是一副歌女的打扮。她在台上将一首民歌连唱了三遍,台下的知识分子们仍然鼓动她再唱下去。她就兴致勃勃地从头再来。'还要听吗?'她问道,于是有人喊道,'唱啊唱啊,直到你唱准为止。'请记住,当时我就坐在离她最近的那张圆桌旁。我是全场唯一没有喝倒彩的听众,这是她后来告诉我的。当然,我之所以没有喝倒彩,是因为我根本就没有听歌,我当时满脑子里装的都是讨论会上的事,我提交的一篇论文被主持人遗漏了,使我没能在名流荟萃的会上宣读。我的心情非常沮丧。怎么说呢?这时她突然走到了我的面前,就像一只苹果突然掉到了牛顿的脚下,他发现了万有引力定律,而我摸着了一个充满哀怨的女人。"

"你们当天就吻上了吧?"张亮关切地问道。

"那还用说。"

"后来呢?"

"那事情就多了。第二天,我们就约会了。再后来,她就怀孕了……"

在复述这个故事时,他突然意识到,莉莉很可能就藏在市区偏南的那片树林里。第一次约会、第一次做爱,都是在这里完成的。他的心里颤抖了一下,但他没有中断他的讲述,而是非常流利地一直讲到他和莉莉在三周之前的那次相遇。

张亮的食指横在猿猴那样的厚唇前,他的眼光昏暗不明,在镜片后面的瞳仁呆滞不动。他仿佛还沉浸在故事之中。

"一直到今天,我都不知道该如何从这件恼人的事里挣脱出来。"袁枚说。

"故事中的莉莉就是那个外科医生的妻子吧?她以前是个信使,邮递员。"张亮说。

"我曾向你透露过嘛。"

"你跟她丈夫不是很熟悉吗?"

"仅仅是互相认识。"

"她是个善良的姑娘,"张亮说,"我们不妨对她仁慈一点。然而,这两天来,你却一直在推算她的怀孕日期,真是荒唐。这跟我们要处理的事件毫无关联。我得提醒你,先不要去考虑马莲的事情,她好歹还活着,而莉莉随时可能死掉。那时候,公安人员会顺藤摸瓜,一直摸到你的腿根。"

两人都陷入了沉默。有好大一会儿,张亮端着茶杯在电炉周围走来走去。最后,袁枚以忧郁的语调问道:

"那你说该怎么办呢?"

"一次偶然的相遇,再加莫名其妙的误会,她就向你袒露了胸怀。这说明她是一个很容易受到感动的姑娘,心肠很软。如果她不是冒冒失失地就怀上了孩子,如果她能够瞒住她的丈夫，告诉那个戴了一年绿帽子的男人说那是他们爱情的结晶，那么，针对一场艳遇而言，怎么说那都是一件喜事。"

"你怎么能说这种倒霉事是一件喜事？"

"因为她竟然还会爱你。"张亮说，"我几乎难以相信世上还有这种爱情。"

"那个血崩不止的女生不是也爱过你吗？那时，你还没有和吴敏离婚呢。"袁枚不失时机地把这件旧事挑了出来。

"对一个聪明的女人而言，那只是她身不由己。不过，她现在见到我就吐痰。"张亮眉开眼笑地说。

"你恨她吗？我突然发现我对所有的女人都有点憎恶。"

"那你真是太不幸了。不过，准确地说，你憎恨的只是后者的卵巢和子宫。而女人的这些东西，正是我所热爱的。它们就像是一个句子的主干词，在女人的肌肤之下闪闪发亮。"张亮说着，又捡起遥控器去调开电视机。他和袁枚都吃了一惊：在他们刚才谈话的时候，电视机并没有被关掉，它一直在默默地放映着张亮配音的那部警匪录像片。袁枚觉得这台机器充当了一个窃听者的角色。而张亮因为错过了倾听自己配的台词而有点恼火。他的这部录像机的倒带功能坏了，每次放映前，他都得手工操作，将带子倒回到开头。

张亮对袁枚说："我说的话你能理解吗？我不忍心看到你遭受一次打击就变得萎靡不振，失去对女性的热爱。那是对生命的亵渎。"他从录像机里取出带子，开始倒带。

"我能够理解你的心情，"袁枚的语调又变得非常忧伤，"但我眼下无法焕发起精神。"

"那是另外一个值得讨论的问题。让我们重新回到善良的姑娘身上。善良的姑娘往往是愚蠢的。而愚蠢的姑娘几乎和处女一样让人感到可怕。她们太痴情了，搞得人透不过气来。她们的口头禅就是'我要给你生一个儿子'。太可恶了，让人感动也让人恐惧，让我们流泪也让我们出汗。而这些汁液在本质上都是相同的，就是太咸，让人喝了免不了要口渴。而我们一旦感到口渴,就不得不去找另外的女人。"

6

敲门声打断了张亮的论述。两人都有点惴惴不安。张亮将录像带重新塞进机器里,然后悄悄地走到门后,侧耳倾听着门外的动静。楼梯上的脚步声渐渐远了,张亮突然高声地问袁枚:"袁枚,你感到口渴吗?"

袁枚正向那边张望着。听到张亮喊他,他吓了一跳。他看到张亮面带微笑地朝电炉走过来,同时用一只手揉着自己的太阳穴。

"你最近见到吴敏了吗?"张亮问。

"谁?"

"我老婆。"

"没见到。"

"她要从外地回来了。"

"这次,你们真的要复婚了吗?"

"说不准。我倒是想与她复婚。"

张亮盯着袁枚看了一会儿。袁枚有些坐卧不宁，他在台灯的光圈之中四处张望着。张亮不知道他在张望什么。

"你在张望什么？"

"谁？我？没有张望什么呀。"袁枚说。

"让我们重新回到那个姑娘身上吧，"张亮说，"你刚才说过，你曾经想到要把她找回来，你认为这有什么意义吗？"

"如果听任她在外面游荡，她或许会被冻死。正如你刚才说的，我们应该对她仁慈一点。"

"然而你不知道她钻在哪里。"

"确实如此。"袁枚说。

"既然如此，那我们的寻找还有什么意义呢？'意义'这个词的内涵是什么？"张亮设问道。他推开茶杯站起来，同时端起了一杯开胃酒。"语言学对这个词并没有说出多少令人信服的东西。在拉丁语中，Sentire的意思就是追寻一个方向，意义（Sentire）一词可能意味着目标明确的旅行，即对一个清晰方向的充满正确预感的追求。这样看来，'意义'显然与追求有意义的目标这种本能相关。但是，遗憾的是，你和我都不知道她钻在什么鬼地方。"

"我几乎要绝望了。"袁枚说。

"即使瞎猫遇见了一只死老鼠，你把她找到了，你打算怎么处置她呢？而且，她很可能已经把你的小宝宝生出来了。"

"那真是让人没路可走了。"

"我愿意出面找那个外科医生谈一次话，摸清他的思路，然后尽可能逼他就范，让他把那母子俩接受下来。"张亮说。

"我太感谢你了。"袁枚说。

"当然，我不能一个人去。那样容易造成误会，他会误认为是我在莉莉身上捣了鬼。你得陪我一起去。"

"有把握成功吗？"袁枚又忧虑起来。

"没有把握。但是，我可以告诉你，我曾单独和他打过几次交道。他除了医术高明外，没有别的特长。他是个典型的知识分子，看上去非常精明，其实是个傻瓜。"

张亮抬腕看了两次表，示意袁枚该走了。

他说吴敏随时可能回来,他已经等她两天了。

"吴敏说她有事情与我商量。她确实有些离不开我。"张亮说。

他送朋友下楼。室外,夜幕中仍有雪花飘舞,天地和楼宇都呈现着灰白的颜色。他们站在挤满自行车的楼道口,像两个黑影。张亮抬起朋友的一只手,对朋友说他保证对马莲严守秘密,而且愿意牺牲一些时间与她多接触几次,以便及时地打消她的疑虑,让她继续蒙在鼓里。

"你真够朋友。"袁枚说。

"明天就开始行动吧。"张亮说。

"总算又过去了一天。"袁枚说着,就沿着雪后的道路走掉了。但张亮又在原地站立了许久。在夜色中,张亮仿佛听到自己笑了几声。

二

1

星期二的早上,马莲很晚才起床。她说她

的身体有点不舒服,她宁愿待在家里消磨时间也不愿出车。

除了感到恼羞之外,袁枚没有别的感觉。通过昨晚的摸索试探,他已经自信地认为,她对此事还闻所未闻。所以,听到马莲不愿出车的消息,他有理由恼羞成怒:想想吧,你只不过是有点感冒,而我彻夜未眠,还得为一个孕妇操心。不过,他没有朝她发火,只是在她讲述自己昨天下午的经历时,他懒得搭腔。你讲的事跟我有什么关系呢?快点讲完吧,还有更重要的事在向我招手呢。

"昨天下午,我遇见了吴敏。她还是没有变老,也没有发福。见到我,就像是别人家的宠物见到了一个久未上门的熟客。"马莲睡眼惺忪地躺在床上,头枕着自己的胳膊,漫不经心地讲着。但是,一提起吴敏娇美的容貌,她的语调就忧郁起来。张亮和吴敏还没有离婚的时候,这两家经常在一起聚餐、郊游。那时,马莲还在一家律师事务所当打字员,吴敏还在一所艺术学校里教形体训练课。清闲的工作使他们两家有时间彻夜闲聊。后来，张亮鼓动马莲去开出租车，马莲辞职的决心下定之后，袁枚也就同意了。没过多久，吴敏也辞职了，她到军分区的文工团谋了一份差事：在舞台上给歌星们伴舞。从那之后，他们更加珍惜在一起聊天的机会，因为那种机会太少了。他们四人的闲聊常被袁枚的儿子打断。夜深的时候，儿子会突然闯进客厅，用尖声的哭泣扰乱他们的欢聚。接下来，马莲就下令他和儿子一起去睡觉。袁枚躺在卧室里，听着张亮在逗着两个女人发笑，他常常抱着儿子在那笑声中沉沉睡去……

"你知道吴敏又有什么新发现吗？"马莲变换了一个睡姿，问道。没等他反应过来，马莲就哈哈大笑起来。她突然从床上跃起，只穿着一件像无花果树的叶子那么小的内裤，在床上走过来又走过去，对愣在书架前的镜子中的袁枚说："吴敏说，就像狗热爱吃屎一样，男人永远渴望别的女人。"她一副气咻咻的样子。

"这话是什么意思？你……她有什么根据吗？"

袁枚也望着镜子中的男人。他有点不够自信了。他盯着镜子中马莲的那对甩来晃去的乳房，仿佛那是两颗随时可能引爆的炸弹。后来，他又渐渐听清马莲的话了：

"……吴敏说，她曾养过一只名贵的叭儿狗，是丹麦的宫廷狗的纯种后裔。它有许多惹人爱怜的乖习性，习惯于面对墙角的花盆沉思默想，像个知识分子似的。但它依然热爱吃屎，如果你拉响了厕所里的水管冲刷粪便，它就会蹲在花朵的阴影里哀嚎。"

"她既然如此明晓事理，干吗还要与张亮分手呢？"袁枚迟疑地发问。

"按照吴敏的说法，她说自己那时过于天真了。当然，她也想和别的男人睡觉，但她错误地认为她和别的男人睡觉，是一种过失。"

"你们女人太让人吃不透了。"说着，袁枚就要进厕所洗手了。他纳闷自己干吗一直想溜进厕所。

"不要这样以偏概全。"马莲又钻进了被窝。仿佛害怕袁枚看到她似的，她躺在被子下面戴上乳罩、穿起了裤子。然后,她掀开被子对愣在门边的袁枚说:"说来也怪,张亮怎么忍受这种女人?不可思议。"

从厕所出来,袁枚将早餐端进了卧室。这时,马莲却走进了厕所。他拎起一只书包下了楼。站在雪后的阳光下,他回想着马莲那些莫名其妙的演讲词,觉得她是在无事生非地瞎生气。袁枚突然意外地觉得轻松、快乐。

2

那幢三层小楼位于医学院家属区的东南角。"就是这一幢楼吧?它看上去像个杂种。"张亮说。它既像是中国的仿古建筑,又像是西洋式小楼。它的圆形尖顶上画着一条五颜六色的龙。

张亮和袁枚把自行车塞到几辆小轿车的车缝里。"怎么这么多轿车?"张亮问。

"这楼上住的大都是从国外镀金回来的家伙。"袁枚一边张望一边说。

"他妈的,他们倒是气派。"张亮脸上布满了阴云。但他很快就又开朗起来,"他们再牛逼,老婆还不是给咱哥儿们操了。"

楼前的喷水池边,有几个小孩在玩雪。他们抬着一根船桨绕着喷水池边走边唱,船桨上的小雪人一个个都跌落下来。每跌落一个,孩子们就发出一阵欢呼。一看见那帮小孩,袁枚就皱起了眉头:"怎么到处都要遇见他们?"

"那个倒霉的医生住在几楼?我一时回想不起来了。"

"二楼。"袁枚说。

"喂,老赵,赵元任——"张亮喊道。

喊过之后,他们就上了楼。那喊声算是预备铃声,如果赵元任屋里还有别的女人,那就请他们动作麻利点,快点穿戴整齐。张亮对袁枚解释道。在门口等了一会儿,见没人开门,他们就又下了楼。这时,他们看到赵元任骑着一辆红色的摩托车在喷水池边停下了。他的一只手拎着一顶头盔。走近之后,赵元任用迷惑的目光打量着张亮,迟疑地伸出了手。

"我跟张亮来找你聊聊。"袁枚说。

"张亮兄,好久不见了。"赵元任说着,和张亮握了一下手。"你们大概都听到了那个不幸的消息,特意赶来安慰我了吧?我很感动。"

"元任兄,你刚才到哪里去了?"张亮问。

"约了一个警察在酒吧里坐了一会儿。"

"你的心情我们都能理解。"张亮说。

"这几天,经常有朋友来看我。还有一个朋友特意从外地赶回来安慰我。总之,这几天我过得很充实。"赵元任说。他又打量了张亮几眼,然后拉着张亮的手,带他们上楼去。

3

他们在宽敞舒适的客厅里围着壁炉坐下,赵元任又随手打开了放在茶几上的红外线取暖炉。张亮忧虑地询问起了莉莉目前的下落。赵元任说:"先喝杯酒吧,暖暖身子。"他从橱柜里取出一瓶白葡萄酒,一边为客人斟酒,一边摇头。然后,他示意大家举杯。喝完一杯酒之后,赵元任斜躺在茶几后面的沙发上,用胳膊撑着脑袋,讲起了一则小故事。

"我现在有点疑神疑鬼的。你们先别那么紧张,要相信我还没有被生活压垮。昨天,一位警察朋友开玩笑地对我说,你别把莉莉偷偷地杀了,埋到了什么地方,又来麻烦人到处找她。我听了大吃一惊,仿佛被手术刀戳了一下。几天前,我在后花园的一株无花果树下埋了几条死去的金鱼,那时莉莉还没有出走呢。但听了这位朋友的话之后,我夜不能寐,到了深夜,我终于忍不住去了一趟后花园。当时,我的脑子是非常清醒的,我还记得那株无花果树是我的一位病人栽种的,而那个病人的神经网络有些紊乱。你们看,我当时的思维是多么的明晰。但是,我拎着一只锅铲,站在那株树下却瑟瑟发抖。冻土层挖开之后,我又看见了那几条金鱼,我挨个抚摸着它们鼓出的鱼眼。这样折腾了许久,回到了房间里,我才安稳地睡去。"他叹息了一声,用两只手抱着脑袋,舒服地躺在沙发上,"我要是知道她躲在什么鬼地方,怎么还能发生这种事呢?"

"你太紧张了。"张亮对医生说,"要知道,你现在不是孤身一人。我和袁枚都愿意与你一起干,一起去找她。如果你晚上感到孤独,我可以给你带来一批录像带,帮助你消磨时间。"

"我对任何事情都缺乏兴趣。现在,我唯一的爱好就是坐下来,与朋友聊天。即使是你送来了一个女人,我也没有兴趣。"医生说。

"她怎么会突然出走呢?"袁枚鼓起勇气问道。

医生躺在沙发上想了一会儿,然后侧身对两位朋友讲起了莉莉在他的眼皮底下溜走的经过。他说莉莉是在凤凰电影院的门口突然消失的。他和莉莉走到那里的时候,十字路口的街心花园的旁边正在舞龙灯,聚集了许多看客。那天,他要送莉莉到医院做剖腹产手术。讲到这里,他顺便向朋友解释了一下:"她是怀着身孕逃跑的。事实上,她的预产期已经过去了一周。"在凤凰电影院门口,莉莉下了车,跟在他的摩托车后面,在拥挤的人流中,他们边走边聊。过了一会儿,等他再回头看她时,发现她已经被人流淹没了。

"这个莉莉,怎么能这样呢?我真是想不通。当时你和她聊了些什么话题?"张亮说。他主动地给医生倒了一杯酒,递给医生。

赵元任朝酒杯里吹了一口气,停顿了几分钟,才说:"我厌恶那些纸糊的龙灯,也讨厌那些用丝绸糊成的大蛇。我对无知的莉莉说,那些被人甩来舞去的龙只不过是传说中的怪兽,在所有动物中,只有它没有性别之分,它是雌雄同体,所以,它们压根儿就不能够繁衍生命。但我们却到处看到它们后代的尊容。这使得我们有充分的理由怀疑它们出生乃至受孕的秘密。我是个医生嘛,我感到有必要向怀着龙子的莉莉讲讲这方面的知识。我感到,仅从生物学的角度谈谈这些问题,是没有过错的。当然,我对它们莫名其妙地阻碍交通,有些气愤。莉莉却满眼含泪地说,她看到这种场景,就想引吭高歌。我心里说，你在本质上就是个傻瓜嘛。我有个把小时没理她。后来，她就被挤丢了。"

"最近几天，你们夫妻俩还有联系吗？"张亮神色忧虑地问道。

"她这一丢，也就毫无音讯啦。"听了医生的话，袁枚突然感到虚弱无力：照此说来，她只跟我一个人联系过？真让我受不了。

4

接下来的谈话主要在张亮和赵元任之间进行，医生似乎对袁枚不很感兴趣，他和张亮聊起了高校和医院两种场所之间的区别。虽说赵元任有时也在医学院上课，但他主要在附属医院工作。

张亮试图把袁枚也拉进来，在谈到高校里的女生怎样挖空心思找男教师作配偶的时候，张亮说："这使我想起袁枚经常向我提起的那个神话故事，关于特洛伊木马的。你知道，那些女孩就像特洛伊木马肚子里的士兵，她们专攻内部。战场就在内部展开。"他趁机征询袁枚对此事的看法。这时，医生爽朗地大笑起来，他朝袁枚摆摆手，就对张亮说："这确实是个很贴切的比喻。类似的情形我们也能在医院遇到。有时，像我这样的医生会突然被若干名女病人缠上。"

袁枚虽然不用费心去和医生周旋，但他依然难以轻松。他经常走神，有时走得很远很远。这让他有些不安。但他身不由己，他坐在客厅里，眼睛盯着两位朋友，脑子里却浮现出隔壁的那间卧室里的情景。他熟悉那里的一切：散乱的书籍，过时的旧唱片，床头的上方悬挂的一幅油画，如果你躺在床上，你刚好从对面墙上的那面圆镜里看到油画上的场景：长着一对翅膀的天使从林间翩然而至，飞到一个慵懒地斜躺在石凳旁的男人身边，在他们的周围，簇拥着一批小天使，他们全都光着屁股，沐浴在薄暮的阳光下。现在，袁枚一边听着眼前的两位男人在畅谈女人，一边瞧着自己脑子里的情景。他坐在沙发上,却觉得自己是躺在那张柔软的床上,他甚至看到了床边的那只粗糙的陶罐,上面的鱼形花纹已经脱落殆尽,表明它年代的久远。

有一次,他和莉莉刚躺到那张床上,就有人敲门。在他们做爱的过程中,敲门声一直持续不断。"谁在敲门?"他气急败坏地问她。

"一个神经病人。"莉莉闭着眼睛说。

"让我把他赶走。"

"就当是他在给我们伴奏吧。那不是敲门声,而是敲打架子鼓的乐声。"莉莉说。她仍然闭着眼睛,"我已经听惯了。"

但是,他躺在莉莉的身上,却感到焦躁不安。他很想把那阵阵敲门声当成是进军的号角,然而,他却无法做到。他很快从她身上滑落下来,像一只斗败了的公鸡。莉莉走进卫生间洗漱去了,他就把尿液撒进了那只陶罐。他一边撒,一边觉得这个举动有点不可思议,这时候,莉莉正巧走了进来,他说:"我正往这里面撒尿呢。"他想莉莉肯定要生气了。莉莉一生气,他就可以趁机溜走,因为那一天他要和马莲一起到医院去探望患着脑血栓的岳父。她没有理由不生气呀,他一边系裤扣一边想,这个陶罐要算是她的心爱之物啦,刚才进门的时候她还抱着它坐在镜子前凝视自己的倩影呢。但他想错了。莉莉非但不生气,还要再次敞开胸脯逼近他:

"我和赵元任也常常这么干。"

但是,那一天他无心恋战。时断时续的敲门声停下来之后,他又听见附近的道路钻探工在路面上钻洞的声音,他更加心烦意乱。

"起码也得换个地方。"他说。

莉莉犹豫了几分钟,就同意了他的观点。当他们穿戴整齐走出这幢被张亮称为杂种的小楼时,却没有看见那个敲门人。莉莉提醒他注意站在喷水池边的那个家伙。那人正捧着一本厚重的黑皮书在无声地朗诵着什么。袁枚看不清他的整张脸,但那家伙身处夕阳的余晖中,身边仿佛有一层金黄色的光晕。他身不由己地朝他多望了几眼,然后才在性急的莉莉的催促下匆匆走开。他们在街头走了许久,似乎没有地方可去。后来,他们就朝树林的方向骑去了……

5

张亮正在极力劝说赵元任一定要热爱未来的孩子。赵元任的一根手指在眼前移来移去,他优雅地换个坐姿,然后对张亮说:"据我所知,孩子是你内心的一个秘密。你还没有孩子,怎么就知道孩子能使我们感到愉快。"

"如果莉莉把孩子生下来了,我情愿做孩子的干爹。"张亮说。

这话让袁枚觉得非常顺耳。他知道他的朋友开始引火烧身,进入了报恩的境界。他唯一担心的是,如果赵元任误认为张亮是那个胎儿的父亲,或许就会将张亮一脚踹出去,那样一来,事情就会变得更加难以预料,而他受道德和良心的驱使,将不得不孤军奋战,应付赵元任这只老狐狸。现在看来,谈锋甚健的赵元任并不像张亮所说的是个傻瓜。他用眼神提醒张亮要格外小心，张亮却红着脸，和赵元任顶牛似的对望着，对他善意的提醒视而不见。

"果真想当干爹？"医生问道。

"刚才，我和你谈过之后，突然对那个尚未出世的孩子有了奇怪的感情。虽然我和你一样对莉莉不感兴趣，但我却有一种做父亲的冲动。"张亮说。

赵元任哑然失笑了。他站起身，俯视着张亮，从身边的橱柜里取出一把镊子，把玩良久之后，"啪"的一声丢到张亮面前。他的面孔变得非常阴暗，淡漠的目光从灰蒙蒙的眼睛里透露出来。然后，他又坐到张亮对面，侧身望了袁枚一眼。在开始说话的时候，他的面部表情就活跃起来了，仿佛正是这些谈话给他带来了兴奋和愉悦：

"张亮，你的话使我非常惊喜。你真是个义人。在许多地方，我跟你相似。我要向两位朋友说明的是，在我的意念和行动之间横着一个奇怪的王国，我的行为仿佛是在逃避做父亲的责任，而我的意念却和张亮一样美好。我希望这个孩子能够完美地降临到我和你面前，哪怕它是一个杂种。事实上，有个金发碧眼的美国妞儿已经生下我们的杂种。我才不会计较这些药丸大小的小事呢。但我的行为无法和这些美好的意念遥遥相望。当中所横的那个王国太广漠了，即使是一条真正的蛟龙，也飞不出它的疆域。"

"你的论述确实很有启发性，但它说服不了我。"张亮的表情有点颓唐了。他咬着下嘴唇，像是在跟自己赌气。他大概没料到会遇上一个比自己还能讲道理的人。

看到张亮这副模样，赵元任就乐了。他又站起身倒酒，给壁炉里添柴。袁枚失望地看着张亮，觉得张亮的目光有点冷森森的，就没有多嘴。就在这时候，赵元任又绕到他们面前，深情地拍拍他们的肩膀，说：

"你们犯不着如此沮丧。我其实已经决定要找找她。反正，我对别的事没有兴趣，那就不妨找找她。"

"那就太好了。"张亮嘟噜道,"也算是给了我和袁枚一个面子。"

医生情不自禁笑了起来。他随即邀请两位朋友到绿房子西餐馆用膳。"我已经许久没有这么快乐过了。与张亮谈话,使我感到非常充实。"医生说。他用目光征询袁枚的意见,袁枚忙说:"当然,他是个义人。"

"明天,我们三个人一起出去找莉莉吧。"赵元任说,"我希望能和你们待在一起。"

下了楼,他们看到有一个警察骑着三轮摩托车在喷水池边转圈。这个人面色潮红,像个肺病患者。赵元任说,那是他的一个朋友,名叫程栋兄。果然,他骑在车上向他们招手致意。赵元任低声对张亮和袁枚说:"这家伙非常可笑。他有一个妹妹叫栋栋,他就改名叫程栋兄。这对兄妹互相厌恶。"

"你跟他的妹妹一定很熟吧?"张亮问。

"那还用说。她与你的妻子患着同样的病。"

张亮突然哑口无言了。后来,他们四人一

起用餐的时候,张亮也是沉默不语。赵元任对张亮说:"我突然想起一件事,我手头还有一位特殊的病人急需护理,你们和我一起去吗?当然,她拒绝见到陌生人。"

"明天再说吧。"张亮情绪低沉地说。

6

现在离天黑还有两个小时左右。袁枚从西餐馆出来之后,实在不想回家。张亮主动提出陪他再走一段路。街上的扫雪车不停地驶过,每过去一辆,他们都要凝视一会儿。一辆扫雪车上堆放着几只液化气的罐子,他们俩就那罐子是否是空罐打了一会赌。张亮最后说:"如果它们突然炸裂了,那就不用打赌了。"

"咱们还是谈谈正事吧,说说你对那家伙的印象。"袁枚说。

"我对他有一种莫名其妙的憎恨。"张亮神色凝重地说,"起初,听了他的那段开场白,我真的以为他已经把你的情人杀了。我有点惊喜。我想事情都已经过去了。后来，我知道我错了，他竟然没有这样干。话锋一转，他提到了他头脑中那个奇异的王国，我几乎被他的论述打动了。这个傻瓜，在那紧要关头却透露出一股恼人的灵气。现在，我一想到我曾被他的怪话打动过，就对他产生了强烈的憎恨。"

"不管怎么说，他已经许诺要出门寻找莉莉啦。"袁枚说。

"但他不该把我们也扯进去。他并没有彻底就范。"

"这么说来，事情又变得难以预料了。"

"不过，我已经看到了希望的苗头，我们不必灰心。你难道没有发现赵元任热衷于跟我聊天吗？除了欣赏我的才华之外，他实际上已把我们当成了他最要好的朋友。朋友之间，什么事都好说。现在，我倒突然萌生了一个奇怪的念头，我仿佛想让这件事再拖一阵。不知道这种想法是怎么来的。你也有这种想法吗？"

"没有。我不想有。"袁枚说。

"你担心马莲看出破绽吧？"

"是啊。女人们有一种可怕的直觉。"

张亮捏着鼻尖思考了一会儿,对袁枚说:"我去试探一下马莲的反应吧。如果她问起你呢?"

"我在图书馆查阅资料。就这么说。"

张亮走了之后,袁枚又漫无目的地在路上走了许久。他又看见了那些道路钻探工。他们总是将道路挖开又填上,没过多久,又要挖开。那种钻洞的声响像拉锯似的让他难受,让他产生出一种小便的欲望。他躲进路边的一间收费厕所,撒完尿之后,他又蹲下来大便。与莉莉在树林里做爱的情景突然浮现在他的脑子里,排斥不掉。

那天,他们从医生家里出来,在路上盘桓了很长时间,也没有找到一个可以落脚歇息的地方。又圆又大的落日隐没到临街高楼上的广告牌的背后了,街灯在暮色中亮了起来。这时候,如果他赶到医院去看岳父的话,或许就不会有眼下的这种麻烦事了。但他不想这样轻易走开,他越是疲倦,他裤裆里的那个伙计就越是硬朗，仿佛是一种奇怪的二律背反现象。莉莉提议到河边坐一会儿，这时他才发现他们已经走了很远了，已经走到城市的市河边了。在暮色中，那条途经城市的河流闪烁着黝亮的光，水面上停泊着商船和游艇。河岸上的一个停车场里灯火通明。河边的林带由窄变宽，它们的边缘耸立着高大的铁丝网，一座铁桥连接着两岸，就在桥头的位置，铁丝网上面有个漆黑的大洞，它仿佛是某种意念在诱惑着他将她带进那黝黑的林子里。

那片树林在黑暗中响彻着林涛。它们在这座城市建立之前就已经存在，只不过范围逐渐缩小，成为河岸上的林带。如果不是市民们的呼吁，那些商人早将它们变成了柜子、镜框、夫妻的眠床、婴儿的摇篮或者跑马场的栅栏。现在，它站在那里，在铁丝网上的广告牌的缝隙间，呈现着它那边缘的容貌。

"咱们钻进去怎么样？"他问。

"找到那个洞洞吧。"莉莉说。

"哪个洞洞？"他戏谑地问她，"这么说来，你对这里的地貌摸得很熟？"

"当然很熟。"莉莉佯装生气地说，"我被一个男人跟踪到这里，就钻了进去。"

他知道她在有意气他。但他只是假装生气，站在那个洞口做出一副不想理她的样子。莉莉率先进去了，他也赶紧钻了进去。他们并不是第一批到达这里的人，也不是最后一批。在他们身后，又有几对男女紧跟着进来了，然后大家转眼间消失在树影里，分头行动了。那时节正是初春，树林里气温还很低，蛇还冬眠未醒，地鼠也见不到，因为有人将喵喵乱叫的猫也带了进来。

他和莉莉一直走到树林的深处，那里有几个吊床搭在树缝里。他们可没有在吊床上做爱，而是尽量远离它们。双方都显得那么急切，不约而同地替对方扯掉紧要处的衣饰，如果不是碍于天冷，他们都要脱得一丝不挂。所以，他们一边动作一边商量下次再来。他从未感到自己这么能干，而她也是那么勇猛顽强，夹住不放。当头一轮高潮来临的时候，他们都尽情地喊叫起来，既像狮吼又像鸟鸣，这些声音都被林涛吸收了，被更多的情人们的鸣叫声淹没了。他像黄狗撒尿那样，在许多株树前都歪着腿站过。到后来，他觉得身处这样的幽林之中，自己已经不是一个凡人了，已经变成了一位神，变成了他的讲义夹中的神话里的人物了。后来，他们走出树林，来到河面上的那座铁桥上的时候，才听见了市声，看到了停车场上刺眼的光亮，这些声音和光色让他突然感到烦躁不安。就在这时，他听见莉莉说：

"我忘记吃药了，或许会怀孕的。"

"小事一桩，刮掉即可。"他说。

莉莉像一只母鸽那样咕咕地笑了。

"笑什么？"他问。

"我真想在林子里待到天亮，待到生孩子，待到来世。"

当时，她就是这么说的吗？

现在，精疲力竭的袁枚推着自行车站在厕所前面的十字路口，焦躁地反问着自己。冬天的夕阳从厕所的顶上照射过来，很快地，他就处于厕所的阴影之中了。有一辆无轨电车在他身边驶过,他朝它张望了一会儿,就顺着它驶走的方向骑去了。

7

他没有料到这么快就能见到他刚才说的那个特殊的病人。他安排她到南方去住一段时间,一个朋友在那里的一家疗养院工作。莉莉失踪的前几天,他突然收到她的一份电报:我有要事与你商量。他估计她近期会回来,但没有料到她回来得这么早。她疲倦地坐在地毯上,默默地抽烟,许久不说话。他估计她是刚下火车就来到了这里。

"你的气色好多了,吴敏。"赵元任说,"见到你,我格外高兴。刚下火车?"

吴敏不置可否地点点头。

"你的气色太好了。"赵元任又说。

"减掉了十斤肉。我又可以登上舞台了。"

"电报上说,你有重要的事与我商量。是

什么事啊？"

"我只是感到需要与你商量一下。但究竟是什么事，我一时还说不上来。"

"又是你的艺术感觉在头脑里作怪。这个时代里还会有艺术感觉？不可思议。咱们还是先谈谈你减掉的那五公斤肉吧。"赵元任又递给吴敏一根香烟。吴敏闻了闻，将它燃着了。

"我反对你继续减肥。"他强调了"继续"两个字，"对一个成熟的女人来讲，她身上的肉总使我联想到果肉。你现在的体形恰到好处。我不喜欢果脯式的女人。"赵元任将她从地毯上拉起来，上下打量了一下，然后拉她在身边的沙发上坐下，随手递给她一杯果珍。

"快给我说说，除了减肥，还干了什么，你显得光彩照人，一定窝藏有什么开心的事。"

吴敏望着壁炉里的火，沉思了一会儿，对医生说："你那个朋友对我讲了你在国外留学时的一些趣事，非常好玩。"

"枯燥乏味的学习生活有什么好玩的？当然，我回想起来，觉得那段生活过得很充实。"

"噢，他没提到这些事，他对这些事不感兴趣。"吴敏说。

"其余的生活就是一片空白了。"医生叹息了一声。

"他讲到了你和一位黑种女人交往的一些细节。有些细节是非常传神的。你曾说过她的子宫是最优异的子宫，是个深不可测的宝藏。所以，那里面能生出优秀的长跑选手。这一点我能够理解。如果孩子在出生的时候跑慢了一步，就可能晕倒在长长的跑道上。"

"他说得不够全面。事实上，我跟许多黑妞在手术台上相遇过，而不仅仅是一个。"

"我能够想象到那种情景。"吴敏说。

"通常情况下，那些黑妞喜欢找黄种男人看病。这是因为我们黄种人有一双小巧玲珑的手，适宜于做接生婆。你知道，美国是一个奇怪的国度，那里的人都染上了一种怪病。突出的症状就是不搞计划生育，想生就生。这几乎是一种国病。奇怪的是，他们那些叽叽喳喳的参众议员却对这种国病感到心满意足，甚至乐不可支。这就苦了我们这些医生,一天到晚,手都没有闲过。"

赵元任说着,放下酒杯站了起来。他斜靠着铁架组合书柜站着,情绪有点激动。他看到吴敏垂下了头,仿佛被他说服了。于是,他及时地换了一个话题:"是那个医生唆使你减肥的吗?"

"他说减肥有利于生育。"吴敏说。

"这是针对肥胖女人而言的。你属于另外一种女人。"

"哪种女人?"

"我说的话听上去仿佛很深奥,但却是不容辩驳的事实。上帝在你的肚子里作怪,上帝不忍心让你忍受生育之苦才故意这么干的,当孩子在你的身体内长到三四个月的时候,上帝就动手了,一束光穿透了你的小腹,把它弄死了。就在这个房间里,我曾给你讲过这个道理:使女人生产,使蛇在地上爬行,都是上帝一时不得已而对我们的惩戒。"

吴敏的目光逐渐黯淡了下来,她差点要被

说服了。置身于这样一个四周垂挂着厚重布帘的客厅里,她对医生的道白将信将疑。在灰暗的光线中,医生抓住了她的手,在她的手背上轻吻着。但是,一种执拗的念头又再次支配了她:"上帝的事跟我无关。作为一个纯粹的女人,我就是想生下一个哇哇乱叫的孩子。"她低声地说道。

"这就是你要对我说的重要的事吗?"他的嘴唇仍然在她的手背上蠕动着。

"或许是吧。"她说。

"噢。"他叹息道。

"哪怕我把孩子生下来就弄死呢,我就是要生。或许我证明自己会生之后就真的不生了。我就是这么想的。"

"既然难以说服你,我就想办法成全你,上帝对人应该是公平的,干吗要让我们受苦而不让你受苦呢?"

他仰起脸,抚摸着她优美的嘴巴。然后,他扶她在地毯上躺下。

"我真想再和你一起到树林里去。"她说,

"在那里，我仿佛变成了一个能够身外受孕的仙女。"她说着，就撩起了厚实的毛裙。

赵元任听着她的唠叨，感到极不耐烦。后来，当他试图深入地给她检查身体时，他眼前浮现出了那片树林。他突然停住了动作，额头上慢慢沁出了虚汗……

三

1

林间的莉莉变成了一只小母牛，身上长着绒毛，耳朵根上长出了嫩黄色的牛角。她成了神话中的伊娥，宙斯的情妇。受宙斯的老婆的迫害，她只好变成母牛。宙斯，这个杰出的情种，腾云驾雾地飞到她的身边，让她恢复人形。奇异的变化出现了：她的眼睛缩小了，牛嘴又换成了人唇，牛毛消失，牛角隐去，不再哞哞乱叫，而是唱着悦耳的歌谣，并将那首民歌连唱了三遍，那唯一的听众宙斯，坐在一张圆桌旁默默地倾听着……就在这时候,电话响了。

他醒过来之后,才知道那只是一个梦,是由于他在临睡前重温了他的讲义所引起的梦幻。他凝视着梦中的英雄,感到自己所能伸缩的范围是那么有限:他不但不能到树林里去,也不能把此事透露给将他挤到床沿的马莲。在梦中,伊娥生下了宙斯的儿子就获得了一片水草丰美的领地,而现实中的袁枚,却希望莉莉的孩子快点死掉,即使不死,也得丢给赵元任。

他的浑身都湿透了,穿着被汗水打湿的睡衣,他踢手跟脚地离开床沿到客厅里接电话。

"你是谁?"他问。

"搅乱了你的好梦了吧。"赵元任说。

"啊,是老赵。我还以为是谁……"

"以为是个女人打来的电话吧?"

"不,不,不……我正巧做着噩梦。"

赵元任在那头哈哈地大笑起来。他说早上他碰巧没有事,愿意和他们俩一起出门找莉莉。

"你有意见吗?"赵元任问道。

"没有意见。我这就去通知张亮。"

"我已给他打过电话了。"赵元任说。

"现在是几点钟?"

"不知道。咱们一个小时之后碰面吧。"赵元任说着,就放下了电话。

他放下话筒,回到卧室,看到马莲的一截腿露在被子外面,一只蟑螂正在那截腿上徘徊个不停。马莲踢了自己一脚,对他说:

"别碰我,袁枚。"

"好好,我不碰你啦。"他说。

他轻轻地掩上卧室的门,来到客厅穿衣服。然后,他给张亮挂了个电话。电话中,张亮的声音听上去非常恼怒:"赵元任,你让我睡个囫囵觉好吧?"

"我是袁枚。"

"是马莲出事了吧?"张亮的声音平静下来了。

"正睡得香呢。"他说。接着他把赵元任的计划向张亮重复了一遍,张亮听完之后,突然说:"我代吴敏向你和马莲问好。吴敏昨天晚上回来了。"

他听见吴敏正在一边喋喋不休地讲着什么。他立即明白张亮的意思是不便这样交谈,于是,他让张亮代问吴敏好,接着,就挂断了电话。

2

他们赶到医学院门口时,雪已经停了下来。天还没有亮透。一辆小面包车在雪后的道路上驶来驶去,然后在张亮和袁枚身边停住了。赵元任打开车门跳下来。他们三个人站在路边交谈的时候,谁都觉得自己有点形迹可疑。

"我有一种感觉,"张亮打着哈欠,口齿不清地说,"你老婆已经把孩子生下来了。"

"咱们不妨到医院的产房里查看一下。"袁枚说。

"我也正想着到各大医院转转看看。"赵元任说。

面包车开进了大街。由于交通警察尚未上班,所以路面上行驶着各种在白天禁止通行的车辆：运货的卡车、骡子拉的架子车、小贩们的三轮车。在冬天凌晨清冷的街灯下，这些车辆很快就拥挤到了一起，使得道路非常难走。面包车被挤在一辆架子车和卡车之间。架子车上装了几只煤气罐，卡车上的垃圾罐里的灰尘被风吹得沸沸扬扬。

他们坐在车里默默地吸烟。过了一会儿，张亮问坐在方向盘后面的赵元任：

"先到哪所医院？"

"走着说吧。遇到医院就进去。"赵元任说，"除此之外还有别的办法吗？"

"似乎没有。"张亮说。

天快亮的时候，路面上的车辆突然间变少了，街上又变得冷冷清清的。有一辆双层无轨电车从另一条道路上驶过来，看不见脑袋的乘客们把手垂挂在车窗外面，远远望去，那里像是两排兜售手套的货架。就在这时候，袁枚看见了市第一人民医院高大的门楣，但他没有吭声。他想到岳父就待在那里面。

后来，他们的面包车停靠在另一家医院门

口。这是一家妇幼保健医院。这时,天已大亮了。他们踩着冰封的路面走进医院长长的走廊时,一阵撕心裂肺的哭声突然传来。有几分钟,三个人不约而同地循着那哭声走去。走到楼梯口的时候,那哭声戛然而止了。三个人都在那里停住了脚步,接着,他们又被墙壁上张贴的医院结构平面示意图吸引住了。张亮率先在上面找到了产房和育婴室的方位。但他没有吭声。他燃上一支烟,继续端详着那张图。

"我想起了一位多年未见面的同学,他就在这里上班。"赵元任若有所思地说。

一位面无表情的护士被赵元任拦在楼道口,赵元任向她描述了那个同学的大致模样,护士朝楼梯拐角处的方向指了一下,就哼着小曲走开了。

他们推开一道门缝,看见那个衣冠整洁的医生正坐在紧挨着暖气片的弹簧床上打着手势发表演说。进门之后,他们发现房间里只有他一个人。那位医生的手停在头顶上,打量了他们一会儿,然后对赵元任说:

"同志,你不是出国镀金了吗?何时返回祖国的?"

他优雅地和他们握手,示意他们向床边靠拢。接着,他把窗帘拉上了。这时候,一团白雾似的太阳已经爬上了对面的楼顶。

3

"听说你现在不干妇科了?"那位医生问赵元任。

"偶尔也得插把手,"赵元任说,"主要在外科工作。"

"太幸运了。"那位医生说,"现在,我一看见那些招摇过市的女人就皱眉头。她们已经让我们的前辈们摆弄够了,轮到我们这一拨,她们的躯壳里已经没有剩下多少值得开发和探究的处女地。天哪,这太悲哀了。"

赵元任凝视着眼前的这位薄唇、大眼、过早歇顶的同学,却想不起了他的姓名。这时,他听见老同学在征询他对这个问题的看法:

"喂,你说呢?"

"我同意你的观点。"赵元任说,"去美国之前,有个非常天真的想法支配着我,我对那些异域的女人抱有较大的幻想,以为能在她们身上找到新的东西……"

"事实上你没有找到,对吧?除了皮肤和毛发的颜色有深浅之分外,她们和我们手下的女人能有什么不同呢?年轻的时候,我们不怕脏不怕累地选择了妇科这一行,就是为了使我们的生活增添一点情趣,一点色彩。可是现在的情形呢?唉……"妇科医生捶打着膝盖,发出一连串的叹息。

这时,外科医生不失时机地把身边的两位朋友介绍给妇科医生:

"只要一想到别人也在瞎忙,我们就可以心安理得了。是啊,几乎所有的人都在忙忙碌碌,包括我身边的这两位朋友。而那些让你厌烦的女人也在到处奔波。这两位朋友就遇到了后面这个问题,他们正在为一个忙碌的女人忙碌。"

妇科医生仿佛没有听清外科医生的话,仍

然自说自话地长吁短叹:"想想吧,她们的任何部位都生过了病。我常想,难道她们就不可能产生出一种史无前例的新鲜的病种?又碰巧让我遇上它?"

"艾滋病。"外科医生有点恼火了。

"这种病根本不值得研究,"妇科医生说,"那是一种不治之症,那些专家们都在哗众取宠。"

外科医生作出了告别的姿态,对张亮和袁枚说:"咱们还是走吧?"

妇科医生迅速镇定下来。他笑眯眯地问:"孕妇带来了吗?"

"张亮,把那位女孩子的情况给医生讲一下。"外科医生又低声对袁枚说,"你可以作些补充说明。"

"两位倒霉的朋友。不可能是轮奸致孕的吧?"妇科医生问道。

张亮咳嗽了两声,咧嘴笑了。他望着外科医生说:"我们想打听个人。这里是否接纳过一位叫莉莉的女孩,她已经快要生产了。"

"望着医生说话,别看我。"外科医生说。

"当然,她也可能已经生了。"袁枚说。

"莉莉?仿佛有这么个人。"妇科医生说,"经常有名叫莉莉的姑娘来打胎。现在,碰巧也有个莉莉正在产房里。"说着,他拿起了电话,呼叫着值班室的护士。护士对他们说:"那个女人还没有生呢?"

张亮和袁枚跟着医生朝楼上走去。外科医生说他出去买一点面包,就下了楼。

"你们想要男孩还是想要女孩?"妇科医生边走边问他们。

"哪种都不想要。"袁枚说。

"那太好办了。"妇科医生说。

他们看到床上横陈着一位面容姣好的姑娘,张亮窃声地问袁枚:

"是她吗?"

"不是她。"袁枚说。

那位医生戴上橡皮手套,走近产妇身边,对她说:

"还要听音乐吗?"他竖起一根手指在姑

娘眼前晃了两下,然后,对站在护士身边的两位朋友说,"这位未婚妈妈非常注重胎教,每天都让胎儿听流行歌曲。"

他们退出房间的时候,医生追出来问道:"我的老同学叫什么名字啦?"

"赵元任。那孩子就是他的。"张亮说。

"我懂啦。"医生说着,就拐回去了。

4

中午十二点钟左右,他们从一家餐馆出来,开着面包车在街上转悠。驶过几条商业街,他们来到了一条冷清的小道,道路两侧不时闪过几幢教堂和清真寺,古典建筑的尖顶和塔顶夹在异想天开的摩天楼之间。一些神情严肃的人从一幢教堂里出来,边走边打着哈欠。他们的车只好停下来,让他们通过道路。一位挂着双拐的年轻女人冷漠地回望着教堂顶上飘拂的白色绸带,那上面印着钟表商店的广告词:上帝用精密的元件组装世界。这时候,他们都看到了教堂对面的一家医院的招牌。

"还要进去吗?"赵元任问。

"你说进去咱就进去。"张亮说。

"袁枚,你的意见呢?"

"听你的。"袁枚对赵元任说。

"我临时改变了主意。"赵元任说,"咱们别进去了。最好到莉莉以前工作过的邮局打听一下,问问那帮姑娘是否知道莉莉的消息。"

然后,他一边开车一边讲述自己改变主意的理由。街上飘拂的圣乐声像卡拉 OK 磁带那样给他的道白伴奏着。坐在后排的两个人慢慢地听得入迷了。

"如果她已经钻进了某所医院,那就说明她已经脱离了危险。让她待在那里乖乖地生吧。其实,就我所知,没有哪家医院会干那种独自承担责任的傻事,他们即使暂时接收了她,也会想办法与家属保持联系,譬如会登报寻找她的亲属。所以,我们没有必要再费神费力地和医生们周旋了。"

那个邮局位于中山路的北端,正好处于闹

市区。赵元任又派张亮打头阵,去柜台后面领姑娘。张亮拣了一个打扮得很时髦的姑娘领到车边,还有几个姑娘扛着邮袋朝这边张望着,见张亮和那姑娘上了车,她们也扔下邮袋围拢过来。

"我在一周前还见过莉莉。"那姑娘扑闪着一双大眼睛望着张亮说,"你就是那个归国专家吗?姐妹们都想见你。"

"我会给你们机会的。"张亮说,"你先告诉我,她跟你说了些什么?"

"我们只是随便地聊了聊。"

"聊了些什么?不可能仅仅聊我吧?"

"你只和那个白种女人生过一个孩子吧?"

"让我想想,"张亮望了赵元任一眼,问道,"只生一个吧?"

姑娘捂着嘴巴笑了起来:"你真幽默。"

"莉莉给你提过这事?"赵元任插话道。

姑娘没有搭理他,而是对张亮说:"给我一张名片,好吗?"

张亮在身上的口袋里摸了一会儿,沮丧地

对姑娘说："忘记带了。下次给你吧。"

姑娘大方地原谅了张亮，然后塞给张亮一张她自己的名片。张亮在手里把玩了片刻，就塞进了上衣口袋：

"现在，你可以走了。我会与你联系的。"

当他离开的时候，姑娘还站在雪地里的邮筒旁边，向张亮挥手。

"这种颠倒身份的游戏，真让人开心。"赵元任说。

"我应该请她出去喝一杯。让她到酒吧里给我唱一支歌。"张亮对袁枚说。

袁枚听出了张亮的话外之音，知道他又在取笑自己，就无奈地摇了摇头，没有出声。后来，面包车在一幢高楼后面的酒吧前停了下来。当他们从酒吧里出来时，天色已经灰暗了。一个盲眼的路人靠着面包车在雪中歇息，他那双眼睛向上翻着，仿佛在张望天上的星辰。在那一刻，三个人都围着他站着。后来，他们又在车边站立了许久，目送那个盲人消失在人流之中。面包车再次驶进大街的时候，一盏盏路灯已经在雪雾之中亮了起来。不知道是谁说了一句"又过去了一天",但没有人接这个话茬。

四

1

一进门,她就向他宣布,她已经决定和张亮复婚。

"这是一件值得庆贺的事。"赵元任套上睡裤来到镜子前。"这说明,前天我对你所说的话没有白说。你没有必要为自己出色的子宫犯愁。"

他望着镜子中的吴敏的侧影,开始揉搓自己的耳朵。由于经常在那里拴口罩带,他的双耳有种古怪的直立习惯,但他的听力比较糟糕。

"电报中所说的那件大事就是指这件事?"

"或许是吧。到现在我才觉得,这就是那

件大事。"她迟疑了片刻,说道。

她还没有和张亮离婚的时候,他就接手了这个病人。热爱女病人中那些出类拔萃的美人,是他的可爱的职业病。再没有别的病人比她更合适了:她可以怀孕,却难以生下一个活泼的婴儿,前者可以证明他有健全的性功能,后者又使他无需面对随时可能出现在他面前的摇篮发愁。这简直是一种小康式的性生活。

赵元任又重新躺到床上,找到了一个最舒服的睡姿之后,他示意吴敏在床边坐下。吴敏迟疑了一会儿,才在镜子前面的小圆凳上坐下来。

"你对我的医术已经产生了怀疑,"赵元任说。他的一根手指在面前晃来晃去,"现在,我可以告诉你,对你这种病,整个医学界都束手无策。所以,我才向你提起了一些神学上的命题。你大概不知道,人类的生育生长之谜一直困惑着我。绝大多数父母在交合的时候,都悉心于体验那种绝妙的生理感受,他们不会去想,噢,一个婴儿就要从这种感受中剥离出来了,他就要脱颖而出了。但是，奇怪的是，十个月之后，却会有一个小家伙呱呱坠地。他像一只蛹，干嚎了几声就噙住了母亲的奶头。此时此刻，他仍然专注于体验吃奶的愉快。他慢慢地长大了，唇间的奶头变成了他自己的脚趾头，一个铅笔的橡皮头，烟头，然后是情人的奶头。而他以前噙过的奶头已经变成了两堆臭皮囊，即使生了癌，他也不屑一顾。我在医院里每天都要遇到这种情景。吴敏，我要提醒你，一次丑恶的强奸，也可以搞出一个俏皮的婴儿，而你却与上述那些荒唐的图景无涉。我之所以把这些告诉你，是因为你今天已经给我讲了一件值得庆贺的事，我把以前给你讲过的道理换个方式再浅显地讲出来，让你听了再高兴一次。去客厅里拿两个酒杯过来，我们庆贺一下。"

吴敏犹豫了片刻，就到客厅去了。他拿起枕边的电话跟袁枚通了一次话。袁枚说他要到医院看望岳父。

"那太好了，我今天碰巧有事，"透过半掩的门他望了一眼站在床前的吴敏，又接着说，

"也代我向老人问好。"

他放下电话,就又竖起了那根食指:"坐到床边来,幸运的女人。"

这时,吴敏发现了那只放在鞋边的陶罐。她弯腰将它捡起来。陶罐上的鱼形花纹吸引了她的目光,她凝视着它,脱口问道:"这个宝贝是从哪里来的?"

"它是个地道的国宝。我愿意将它送给你作个纪念。"

"有一股怪味。"

"我从国外带回来的。它在国外滞留久了,就有一股洋味。过海关的时候,它差点被眼馋的海关人员没收。"说着,他的胳膊绕过她的肩膀将一杯酒倒进了罐口。然后,他低声对她说:"我愿意再最后奉献一次我的医术。"

他又竖起了那根食指。透过镜子,他看到她的两只手互相搏击似的绞在一起,胳膊所夹的陶罐在摇晃着,而她的嘴巴和眼睛却闭得很紧。她大概已经预感到下面发生的事将是在所难免的了,他们又将进入那种事先已经规定好的情景中了。他将再次以一名医生的身份抚摸她的身体,而她也不得不以一个患者的角色和他做爱。她惊惧地瞧着他的那根食指,知道它很快就要直绷绷地进入她的体内。她后退了几步,靠着镜子蹲了下来,嘴巴张开又合上,却发不出半点声音。她看见他又披上了那件象征着医生身份的白大褂,然后,他开始褪掉裤子。出于一种莫名其妙的动机,她站起身来跑到他的面前,蹲在他的那堆裤子上,仰望着他的那张严肃的脸。医生将她的脸捧在手上,像拔萝卜那样将她拔起来,放到了床上。她在倒向床铺的那一瞬间,用手抓住了那只陶罐,仿佛它可以起到一根救命稻草的作用。

医生已经熟练地脱掉了她的内裤。然后,他的一只手抚摸着她的乳头,另一只手把陶罐夺走。

"请接住它。"医生对假设中的助手说。接着,他把它放到床边的小圆桌上。

"谢谢。"医生不苟言笑地说。

"通常情况下,它就是这么饱满吗?"医

生掐着患者的乳头，和患者交谈着。

"大概是吧。"患者说。

医生端详着病人的胸脯，沉思了片刻，随即对助手说："这位少妇的乳房发育正常。请记录在案。"

按照惯例，医生将着重检查病人的生殖器构造。当医生的手指进入她的体内的时候，病人老练地提醒医生："别用镊子和温度计了，它们太凉，让我受不了。"

"把镊子递给我。"医生说。一把镊子从医生的左手转到右手，"谢谢。"医生说。

"它会让我疼得受不了的。"患者说。

"它同样会让你快乐无比。"医生端详着那把不锈钢镊子，一朵药棉湿漉漉地开放在镊子的尖端上。刺耳的叫唤声突然响起来了。她越是叫唤得响，那把不锈钢镊子就越是向前突进，那朵药棉被送到了最深处。接下来，随着那把镊子的转动与回送，患者的叫唤声就变成了悦耳的呻吟声，悠扬、急切、悦耳动听。她的眼睛紧紧闭合着，身体在前俯后仰，迎合着那把镊子，这时候，医生才及时地抽出镊子，将自己的坚硬的长矛刺进她的体内。同往常一样，他无法在那里展开持久战，他很快就败下阵来，当她又在那里扭动的时候，他的长矛就软不拉叽地滑出来了，像个无辜的孩子，垂挂在他的腿根。

"你这个庸医。"患者说。

他凝视着她，听着她的咒骂。渐渐地，一阵莫名其妙的快乐袭上心头，让他浑身颤栗个不停。他又把镊子送进去了，有几分钟时间，是她自己在管理使用那把镊子，他看见她的身体在和那把镊子互相利用又互相搏斗，她的眼睛时而张开时而闭合，即使她张开眼睛，她也不看他一眼，她的视线被那把镊子吸引着。他只能听到她在不停地咒骂他。

"……庸医……树林……你现在……庸医……树林……"

"骂够了吧。"他逼近她的脸，同时动手夺回那把镊子。

后来，他们都精疲力竭地躺在地毯上，许

久没有说话。那朵带血的药棉粘在地毯上,像个无形的界标将他们隔开。天色慢慢地昏暗了,两人一边吃着奶酪一边看着电视。赵元任几次站起身来,将电视机的音量调得更小一点。最后,他索性将音量调到最小值。屏幕上的人群都张着嘴巴却说不出话来了,一对情人从人群中分离出来,牵着手走过一片修葺成菱形的草坪,脸上挂着笑。但转眼之间,他们就朝对方皱眉头吐唾沫,接着,又咧着嘴巴无声地大笑起来了。有个穿红背心的侍者将他们领进了教堂旁边的小酒吧,他们在窗边坐下,隔着玻璃瞧着远处的人群,人群散尽之后,那里出现了一个圆形墓顶。就在这时,一阵隐约的爆炸声在房间里回响起来,电视里的人像迅速被屏幕上的雪花状的物质取代了。赵元任和吴敏都莫名其妙地望着电视屏幕,又互相对视着,像剧中人那样朝对方皱眉头瞪眼睛。

"这是怎么回事?"她问。

"不知道。"他说。

"你真是个庸医。"她说。

"做爱的时候,你已经情不自禁地说过这话了,"他说,"而且,我一直在洗耳恭听,并不反感。"

雪花状的物质仍在屏幕上跳跃着。又一阵爆炸声传来了。赵元任起身将音量调大一点,试图盖过那爆炸声,但那种声音仍在隐隐约约地响着,并持续地涌进来。他坐到她的身边,伸手抱住了她。她想躲开,最后又无力地躺到了他的怀里。

"我何时能参加你们的婚礼?"他又旧话重提。

她仰脸瞧着他,嘴唇嗫嚅了半天,也没有说出一句话来。

2

从婚姻咨询所回来的时候,张亮在学院门前的马路上遇见了袁枚。"我到那里咨询了一下有关复婚的事项,"他对袁枚说,"那里的生意非常好。"当他知道袁枚要去医院看望岳父时,他说:"代我问老人家好。"

"不过,你可千万不要在那里碰上莉莉。一旦遇上了,就及时与我取得联系。"

"那当然。"袁枚说。

现在,张亮就站在卫生间的门外,倾听着马莲洗澡的水声。那是她的老习惯了。她通常要在事前事后各洗一次澡:先洗掉袁枚留在她身上的气味,把自己奉献给张亮;再洗掉张亮遗留下的体液,将自己奉还给袁枚。

刚才,她进卫生间之前,曾忧心忡忡地问起他和吴敏的事。"何时能喝上你们的喜酒啊?"

他不打算把那个隐秘告诉她。那个秘密他从未向人透露过,那是他与吴敏离婚的真正缘由:他简直无法与她做爱,每次骑到她身上,他都会想到他是在扼杀一个小生灵。他会产生一个幻觉,那个尚分辨不出性别的胎儿正在他的作用下垂死挣扎。只有他把身下的吴敏想象成马莲或者别的女人的时候,他才能够和她完成一次像模像样的交合。

现在,张亮重新回到客厅里,隔着两道门,

他继续悉心地倾听水声，并想象着她那躺在浴缸中的丰腴撩人的身体。这种丰满的女人比吴敏式的纤巧的女人更能激起他的兴趣。以前，他经常搭乘她的出租车出门讲课、开会。一次偶然的机会，他们从市郊的一所大学回来的路上，拐进了树林边的停车场。工人们给出租车加油维修的时候，他们走过那座铁桥来到了树林的边缘。不过，那一次他们可没有在那里做爱。一位维修工站在桥的另一头大声地呼唤着他们，待他们走近的时候，那家伙眨着眼睛一边向他们索要修车费一边打着手势和他们开着玩笑。那个具有很强的性色彩的玩笑他已经忘了。但他直到现在还记得马莲当时的反应：她紧盯着他，对他说，"我倒想进那里面看个仔细。那里面真的很热闹吗？"她说着，就朝树林的方向望去，在昏暗的暮色中，有几对情人在铁丝网外边徘徊……

第三次再来的时候，他终于将以前的幻觉化成了现实。他成功将她勾到了手。自那以后，他俩对那片树林都迷恋不已。后来，他从晚报上看到一则呼吁书，才知道有许多人都迷恋那片林子，呼吁市政部门将它保留到下个世纪。他很激动地将晚报拿到朋友家里，请马莲和袁枚过目。

"林子跟我们有什么关系？谁想拿它做房地产生意就让谁做去。"马莲说。

"我不赞成砍掉林子。它已经成为城市的一大景观。再说，它是我们这座城市的历史的见证。况且，它能吸收工业废气，减轻大气污染。"张亮说。

"你们争论的林子到底是什么东西啊？"

袁枚说，"我怎么没有注意到这片林子。"

"书呆子。"马莲从袁枚手里扯过晚报，又开始阅读那则呼吁书……

眼下，张亮终于等她洗完澡了。她优雅地坐在他的对面。那对奶过孩子的乳房在乳白色的毛衣后面晃动着，他以此判断她没有戴上乳罩，因而，他立即感到温暖。

"我见过吴敏了。她还是那么苗条。"

"丫环们迟早都是苗条的，而女神却永远

丰满撩人。"

"袁枚对我说,近来你在女人方面收益丰厚。那个旧情人对你不错吧?"

张亮愣了一下,不知道这个被他誉为女神的女人究竟在说些什么。他迟疑了一下,说:"你对我确实不错。"

马莲站起身,从背后的帽架上取下袁枚的那条褐色围巾,在胳膊上缠绕着。接下来,她凝视着张亮,不再说话。张亮终于醒悟了:袁枚一定把莉莉的账划到我头上来了,他在逼迫着我对他报恩。这是一个误会啊。

恼火的张亮脑子里出现了短暂的空白。这是典型的张冠李戴的行径,清醒后的张亮想。他很快意识到马莲眼下的这种醋意十足的言谈实际上表明了她对自己的爱恋,这是袁枚万万料想不到的。所以,他又怡然自得起来,他临时决定充分利用这个误会,试探一下自己对她的吸引力究竟到了哪种程度。这是一着险棋,得仔细算好每一个步骤,才不至于鸡飞蛋打。说实话,他尽管仍然眷恋吴敏,而且在他来找马莲之前还在盘算着是否真的要与她复婚，但是，丢掉这个眼下正泡在醋坛子里的女人，实在太可惜了。

"既然袁枚都对你讲了，那我还有什么好隐瞒的呢？我愿意再向你透露一点我的看法。"

"我已经对你的看法不感兴趣了。"马莲说。

"我认为这一切都是在所难免的。昨天，我还在和吴敏争论着一个比喻，就是人怎么才能活得像一只狗。已经有人指出，人要是能像只狗那样生活，那么，整个世界的图景就变得非常明晰了。它们有固定的发情周期，每当那个抒情时代来临，它们就择优交配，然后就孕育狗崽，恪守职业的道德尽心替人看守门户。异性之间狭路相逢，也不胡来，顶多互相嗅嗅阴部。我对这种生活非常神往。当明智的社会学家预言我们人类终将过渡到这一天时，我感到简直生错了时代。无奈的是，我和袁枚都只能活在这个时代。"

"你说这是个抒情时代？"马莲用围巾缠

住了脖子。这时，她有点手忙脚乱地急着把它解下。她的脸已被围巾勒得发紫了。

"当然，这只是一个比喻。"张亮从容不迫地看着她，"所有的比喻都是不得要领的，你还是坐到我的腿上来吧。"

"我对你说的比喻没有兴趣。"马莲气喘吁吁地说，又用围巾缠脖子去了。

"这正是抒情时代的特征，在这个时代里，你不会找到你感兴趣的事情。"张亮脱口说道，"但是，我对你还有浓厚的兴趣。"

"我不是你说的母狗。"马莲的脖子和脸又开始发紫了。"你还磨蹭什么？袁枚要从医院回来了。"

"明天，我想借用你的车。"

"你转眼间又对车感兴趣了？"

"我想找回你刚才说的那个旧情人。"

"我正想见识见识她。"马莲说着，又将围巾缠下来了。

3

袁枚回到家时,天已经黑了。他觉得马莲的神色不同寻常,她炒的菜也忘记了放盐。唯一的解释,只能是她心神不宁。

为了活跃气氛,他主动地向她汇报了探望岳父的情况。但是,马莲似乎对父亲不感兴趣,只用一句话就中断了他的讲述:"他一时又死不了。"

"我知道。"袁枚说,"但他总要死的。"

"你这是什么意思?"

"没什么意思。我是实事求是。"

两人围着饭桌没话可说了,继续吃着没有放盐的菜。过了许久,马莲问道:

"明天你还要帮张亮找他的情人吗?"

"是啊。要帮朋友就帮到底。"

"我跟你一块去吧。"马莲说,"下午,张亮来借车了。"

"你最好别搅进来。"袁枚说,"张亮不

想把小事化大。"

"我只是想和你待在一起。"马莲说。她将一大堆剩菜倒进了垃圾筒。从厨房里出来,她直接拐进了卫生间。接着,响起了一阵水声,他判断不出她是在大便还是在冲澡。过了一会儿,马莲只穿着一条短裤溜进了卧室。

"现在就上床,未免太早了吧?"站在卧室门边的袁枚说。

"你又要出去?"

"不、不、不……要么我们出去看场电影?"

"不。"马莲说,"我只想睡觉。"她打着手势邀请袁枚到床边来。她说自己今天莫名其妙地感到快乐,仿佛完成了一件大事。

"什么大事?"

"究竟是什么大事我不知道,但我觉得我仿佛完成了一件大事。这是个比喻。"她说。

除了跟她睡上一觉,袁枚没有别的选择。马莲在床上对他从来是不冷不热,眼下,她这股热乎劲儿让他感到受宠若惊,又使他觉得匪夷所思。他被她的手牵上了床。

当他们并排躺在床上时,他侧着身子凝视着她。她的下巴翘得高高的,嘴角紧闭,眼睛却灰蒙蒙地睁得很大,望着天花板上的圆形吊灯。那盏灯太亮了,照得她脸上生硬的线条毫厘毕现。他去抓她的手时,发现她的拳头握得紧紧的,他只好把手挪到她那鼓鼓囊囊的胸脯上。这时候电话铃响了。他迟疑了一会儿,还是决定去接电话,但他离开床沿时,铃声突然停了。他重新挨着她躺下,她却要和他谈起天快黑的时候响起的那阵爆炸声。他只好耐住性子听她讲,然而,她刚开了个头就煞了尾,接着,她倒过来问他:"爆炸的时候,你在干什么?"他说他在路上。

这时候,他意外地发现他已经进入了她的体内。扫兴的是,一旦他意识到了这一点,他的爱浪就要消退。但她不许它溜走,她抚摸它,揪它,用指甲掐它……

无声的僵持一直延续到深夜。后来,电话铃声又响起来了,他想:那会是莉莉打来的吗?

如果换成莉莉，我在此时此刻能和她痛快地玩耍一次吗？他这样迷迷糊糊地想着，把手伸向了妻子的下体。他吃惊地发现，尽管她嘴里不停地要求他干她，下体却是干干的，像秋后教学楼前那片干枯的草坪。

五

1

早上九点钟左右，那位叫程栋兄的警察开着面包车来接张亮和袁枚。袁枚出门的时候，马莲还躺在床上。

"我答应待会儿来接你。"袁枚说。

"最好让吴敏也去。"马莲翻个身，面向墙壁说。

他走到床前，在她肥厚的脸蛋上吻了一下，"睡吧，我很快就会回来的。"

上车之前，他很快吐了一口痰，对坐在车上的张亮说："昨天，你干得不错。她已经信以为真了。"

"我是知恩必报。"张亮推开车门,将袁枚拽上车。

"今天,我们要到哪里去?"袁枚换了个话题。

"赵元任就是要和我们商量这件事。"张亮说。

程栋兄将面包车开出校门,沿着雪后的道路向医学院方向驶去。

2

"我确实还没有想好该到哪里去,"赵元任说,"不过,有个问题值得大家讨论一下。"他朝程栋兄瞥了一眼,"我们这位警察朋友对我说,昨天,市区里发生了一起爆炸事故,死了不少人。"

"死了几百号人,其中不乏孕妇和婴儿。"程栋兄神情激动地补充道。

"是一家煤气公司起火爆炸了。火势很

旺。附近的一个购物中心也被炸塌了。火又蔓延到了附近的一所职工幼儿园，据说附近的树林也起火了。"赵元任说。

赵元任说完之后，大家都沉默不语了。袁枚将一只指甲抠来抠去，垂着眼帘没有吭声。张亮轻轻地摇晃着头，过了一会儿，他说：

"大家不要这样闷闷不乐的。首先，我们先琢磨一下，这跟我们有什么关系。然后，再采取行动。"

"树林附近的那座铁桥也被震塌了。"程栋兄说，"有兴趣的话，哥儿们不妨开车去看看。"

赵元任环抱着胳膊出神地望着程栋兄，但那眼神是虚幻的，当他这样看着某物的时候，其实那物件却游移于他的视线之外。

"你见过那座铁桥吗？"张亮问袁枚，他的语气显得格外亲切。

"我一直没搞清树林的具体方位，不过，我倒在一本图片集上见过那座铁桥。"袁枚说道。

"那一带归我管辖，就在文化路和中山路

的交叉点附近。"程栋兄说。

"这我知道。"张亮不耐烦地打断程栋兄，重新夺回发言权，"在我们这个城市，'树林'这个词是有具体所指的。它似乎成了一个专用名词，但我从未进去过它的内部，所以，它的确切含义我尚未搞清楚。"

"你见过那座铁桥？"赵元任醒过神来，就加入了这场讨论。

"见过。它已经生锈了。当然，它在画册上一定是非常好看的，因为它被抹了一层漆。"张亮说。

"我刚从国外回来的时候，曾经向有关部门呼吁过，要求将那座铁桥和附近的树林保留到下个世纪。这篇文章引起了许多人的兴趣，我们就联合署名，把它发表在晚报上了。"赵元任说。

"就像艾菲尔铁塔是巴黎的代名词一样，那座铁桥以及铁桥所通向的树林应该是我们这座城市的代名词。"

"据说艾菲尔铁塔是自杀者热衷于选择的

场所。"袁枚终于插了一句话。

"那是自杀爱好者的事,与我们无关。"张亮说,"我们都热爱自己的身体。"

"我总觉得那帮被炸死和被烧死的人当中有我们的熟人,"程栋兄着急地抢过话头,对三位朋友说,"或许莉莉就在那里面。"

他这么一说,室内的气氛就冷静下来了,一时间,大家又陷入了难忍的沉默。三位朋友都瞧着程栋兄,他现在已经平静多了,全没有了刚才那种因为插不上话而生发的急躁不安。他一旦有了说话的机会,讲起话来就变得慢条斯理:

"电视上已经呼吁人们去认尸。从那时起,我便相信她就死在那里。当然,这只是我的猜测之一。昨天的爆炸声真响啊。"

说到这里,他突然住了嘴。那三个人都端着酒杯站在他的面前,漠然的目光在他身上扫来扫去。张亮甚至有点闷闷不乐,将杯中的酒倒进了烟灰缸里。

"那就到现场跑一趟吧。"赵元任说,"否则程栋兄会失望的。"

3

那两个女人已经在家属院门前的站牌下等候了很久。马莲的那辆出租车停在路边,两个女人正在那里欢快地交谈时,面包车开过来了。坐在车里的人都听见了吴敏那夸张的笑声。张亮和袁枚跳下车,向各自的女人走去。赵元任的脑袋从车窗口伸出来,热情地喊了一声:

"快点上来吧。"

"稍等片刻。"张亮回头对赵元任说,同时把医生介绍给面带喜色的马莲:"那是个蠢货。"他低声对马莲说道。然后他对站在自己身边的吴敏说:"你怎么也出来了?"

"我想跟你们待在一起。"吴敏边说边向面包车张望着,"我想坐马莲的车出门兜兜风。"

袁枚充满歉意地望了张亮一眼,"马莲,将出租车开回去吧,"他停顿了片刻,对马莲说,"要去的话,咱们都坐那辆面包车。"

马莲爽快地答应了丈夫的请求。

大家都挤进面包车的时候，弯腰站在过道里的吴敏突然呕吐了。大部分秽物被吐到了门外，另外的一小部分被张亮的鞋底擦掉了。车开出很远之后，马莲握住吴敏的手，向吴敏道歉："我不该叫你出来。你怀孕了吧？"

尽管她们的声音很低，但其他人还是听见了。吴敏说："我经常呕吐，这是老习惯了。"

坐在袁枚身边的张亮浑身颤栗了一下，接着，又望着窗外的车流慢慢地闭上了眼睛。

过了许久，马莲又问了一句："这车是往哪开啊？"

"难道你就没有闻到一股焦糊味。"程栋兄说。

"有一个朋友临时被炸死了，我们去现场认尸。"袁枚连忙说道。

吴敏发出一声尖叫。大家都以为她又要呕吐，连忙让程栋兄刹车。车停在路边之后，吴敏却若无其事地坐在原处，好像并不知道大家要她干什么。

"吴敏,下车呕吐去吧。"张亮厌烦地喊了一句。

吴敏僵在座位上半天没动,经张亮再次催促,她才走出车门。她在外面站立了一会儿,然后就沿着路边的人行小道向前走去。她瘦削的身影在寂寞的人群中穿行着,不管车笛怎样为她鸣响,车上的人怎样向她呼喊,她仿佛都没有听见。面包车只好顺着她的方向缓缓行驶。后来,张亮对朋友们说:

"我们别管她,开车走吧。"

但是程栋兄已经停下车来,跳了下去。他追到一个水果店门前,将吴敏带了回来。吴敏上车之后,弯腰站在过道里,迟迟不愿落座,随着车辆的行驶,她的身体在轻轻地摇晃着,仿佛随时都要摔倒。

"吴敏,坐下吧。"赵元任终于劝说道。

"这是你的车吗?"吴敏问赵元任。"我不喜欢坐这种面包车。"

"我怎么会买这种破车?"赵元任一边劝

吴敏坐下一边说，"这是一位病人的车。他把车托付给莉莉照看。后来，这位病人却失踪了。我是临时用一下。"

吴敏仍然弯腰站在那里，她的脸上闪现出一种疑惑和忧郁的神情。赵元任在讲述故事的时候，她的眼睛一直望着车门。有时，她会突然插上一句话，那时，她的语气又表明了她的心不在焉，仿佛她在自言自语。

"那个病人是个傻瓜。"赵元任说。

"是真傻还是假傻？"吴敏问。

赵元任没有回答吴敏自言自语式的提问，他怡然自得地说："想起他，我就既兴奋又厌烦。他是我出国之前接手的一个病人。那时候，我已经是一位经验丰富的妇科医生了。但我还是被这个奇怪的病人难住了。他声称他对女人不感兴趣，我以为他是个二尾子，后来，我饶有兴趣地给他作了全面检查，结果一出来，我就傻眼了。"

"原来是个女的。"张亮抢答道。

"不，他确实是个雄性动物。"赵元任

说,"而且,他对女人颇有兴趣,简直是兴趣盎然。当然,到后来,我才知道他是个神经病人。"

"可你刚才说……"张亮说。

"那是他自己的原话。后来,我就发现了我常说的语言和行为之间的那个奇怪的王国。这个学富五车的年轻人经常敲我的门,扰乱我的睡眠。后来,我发现他得了精神分裂症。我从国外回来之后,他又是我接手的第一个病人。为了彻底治好他的病,消灭他头脑中的那个王国,我往上面递交了一个报告。得到领导批准,我就把他阉割了。"

"后来呢……"不知道是谁问了一句。

"事情过去之后,那家伙仍然到我家串门,我发现他变乖了。不过,有些好习惯还是被他保留住了,譬如,他仍然热爱书籍,经常捧着一本书沉思默想,有时候,他会突然莫名其妙地低吟浅笑。出于对我的感激,他时常跟踪我,就像被我喂熟的一条狗。"

赵元任讲完之后,狭窄灰暗的车厢里出现

了一阵短暂的沉默。这时候,喧嚣的市声涌进了车厢。空气中弥漫的焦糊味变得更浓烈了。赵元任心满意足地擦拭着窗玻璃上的水汽,笑眯眯地望着窗外。

4

车被堵在道路上的时候,他们都下了车。临着中山路的树林已经烧到几十米的纵深处。一些卖烤肉的小贩子们临时在路边支起了小摊,他们的孩子在灰烬当中拾着木炭,追逐嬉闹。有几个警察站在人群的外围一边吃烤肉一边喝酒。他们几个也很快加入到人群中了。

这时候,程栋兄挤到朋友们跟前,提醒大家再往前边走一段路:"死人全都收集到爆炸现场了。别在这里误时。"

"树林里也有人烧死吗?"袁枚问。

"当然有。不信,你问那帮哥儿们。"程栋兄朝那几个正在吃肉喝酒的警察张望了一下。

"不知道有多少人逃出了火海？"吴敏对张亮说。

"谈何容易？"张亮说。

接着，他们都被程栋兄推出了人群。车辆全都堵塞在道路上了，所以他们只好步行。一路上，他们都在人群中穿行，人们互相推搡着，高声议论着。当他们挤到爆炸现场的时候，发现警察们已经将整个废墟包围起来了。人们都站在警戒线之外，翘首观望着。警戒线之内，除了一些警察和悠闲的医务人员，就是那几百张担架上的死人了。死人们以五路纵队的格式排列在废墟左边的路口，他们身上都盖着清一色的白帆布单。许多人都拥在那个路口，更多的人都正在朝那个方向拥去。

程栋兄在前面开辟道路，他一边挤，一边高喊着："闪开，闪开，我们是来认尸的……"

绝大多数围观者在他们身前身后闪开并合拢了，这些人脸上都有满足的、公务在身的表情。一些人皱着眉头，眼睛飞快地转动着；另一些人在闪开的时候，脸色红涨，口中念念有词，并向自己打着各种手势。整个人流实际上都在朝文化路的路口拥去，朝那群等待被认走的尸体们拥去。当他们几个人在人群中穿行的时候，那些被冲撞的人突然停止了自言自语，不过，手势倒明显增多了，给人一种忙乱得不知所措的印象。

费了很大工夫，他们终于挤到了文化路口。一位法医模样的中年女人将他们放进了警戒线。

帆布单揭开之后，他们看到那些被烧得千姿百态的尸首已经难以辨认，唯一雷同的是，它们都张着黑洞洞的口腔，仿佛在无声地呼号。他们捂着嘴巴在担架的缝隙里穿行着，每放过一副担架，那位法医就不耐烦地长吁一口气。当他们走马观花又绕到第一副担架前的时候，法医将手中的登记簿打开了：

"找到你们的朋友了吗？"

"暂时还没有找到。"赵元任捂着鼻子瓮声瓮气地说道。

"我很失望。"女法医说,"下一批人请进来……"

走出警戒线,他们就被喧闹的人流淹没了。薄暮时分,他们才回到中山路上。吴敏出来得最晚。她步出人群时,路上的车灯已经大亮了,她就站在那光流之中,无声地呕吐着。他们都没有看到她呕吐的情景,那时候,远处涌动的人群还紧紧地吸引着他们的视线……

一位维持交通秩序的警察从旁边走过来,对程栋兄说,他们的面包车被一位自称是车主的人开走了。"跟那家伙一起走的,还有一个女人,她怀里的婴儿有一副好嗓门。"

站在一旁的赵元任捏弄着自己的双耳,仿佛没有听清那人的话语。他转身去看张亮和袁枚,发现他俩都张着嘴巴站在刺眼的光流中,只有舌头在轻轻地蠕动。三个人谁也没有说出一句话来。

两天后的星期一的上午,副教授袁枚终于要讲到忒修斯故事的尾声了,"不要为做过的事情忙碌和滞留,因为还有更重要的事情在前面招手。"他请弟子们记下他的名言。这时,下课铃声响了,他只好把剩下的部分留到下周再讲。他跟在弟子们的身后走出了阶梯教室,突然看到张亮和赵元任站在人流当中。

一辆出租车停放在楼前的雪地里。"吴敏突然失踪了。"张亮揉搓着结婚介绍信对袁枚说。

上车后,赵元任望着窗外的雪景,问道:"吴敏是何时怀上孕的,你们知道吗?"

图书在版编目（CIP）数据

二马路上的天使/李洱著.-上海：上海文艺出版社.2017.5
（小文艺·口袋文库）
ISBN 978-7-5321-6302-1

Ⅰ.①二… Ⅱ.①李… Ⅲ.①中篇小说－小说集－中国－当代
Ⅳ.①I247.5

中国版本图书馆CIP数据核字（2017）第064931号

发 行 人：陈　征
出 版 人：谢　锦
责任编辑：乔　亮
封面设计：钱　祯

书　　名：二马路上的天使
作　　者：李　洱
出　　版：上海世纪出版集团　　上海文艺出版社
地　　址：上海绍兴路7号　200020
发　　行：上海世纪出版股份有限公司发行中心
　　　　　上海福建中路193号　200001　www.ewen.co
印　　刷：山东临沂新华印刷物流集团有限责任公司
开　　本：760×1000　1/32
印　　张：5.625
插　　页：3
字　　数：70,000
印　　次：2017年5月第1版 2017年5月第1次印刷
Ｉ Ｓ Ｂ Ｎ：978-7-5321-6302-1/I.5030
定　　价：25.00元
告 读 者：如发现本书有质量问题请与印刷厂质量科联系　T:0539-2925888